Die Knickerbocker-Bande

Thomas Brezina

Das Haus der Höllensalamander

Krimiabenteuer Nr. 38

Mit Illustrationen von Jan Birck

Ravensburger Buchverlag

DIE KNICKERBOCKER-BANDE

STECKBRIEFE

HALLO,
ALSO HIER MAL IN KÜRZE
DAS WICHTIGSTE ÜBER UNS:

POPPI

NAME: Paula Monowitsch
COOL: Tierschutz
UNCOOL: Tierquäler, Angeber
LIEBLINGSESSEN:
Pizza (ohne Fleisch,
bin Vegetarierin!!!)
BESONDERE KENNZEICHEN:
bin eine echte Tierflüsterin –
bei mir werden sogar Pitbulls
zu braven Lämmchen

DOMINIK

NAME:
Dominik Kascha
COOL: Lesen, Schauspielern
(hab schon in einigen Filmen und
Theaterstücken mitgespielt)
UNCOOL: Erwachsene, die einen bevormunden
wollen, Besserwisserei (außer natürlich, sie kommt
von mir, hähä!)
LIEBLINGSESSEN: Spaghetti
(mit tonnenweise Parmesan!)
BESONDERE KENNZEICHEN:
muss immer das letzte Wort haben und kann so
kompliziert reden, dass Axel in seine Kappe beißt!

AXEL

NAME: Axel Klingmeier
COOL: Sport, Sport, Sport (Fußball und vor allem Sprint, bin Schulmeister, habe sogar schon drei Pokale gewonnen)
UNCOOL: Langweiler, Wichtigtuer
LIEBLINGSESSEN:
Sushi … war bloß'n Witz (würg), also im Ernst: außer Sushi alles! (grins)
BESONDERE KENNZEICHEN:
nicht besonders groß, dafür umso gefährlicher (grrrrrr!)

LILO

NAME: Lieselotte Schroll (nennt mich wer Lolli, werde ich wild)
COOL: Ski fahren, Krimis
UNCOOL: Weicheier, Heulsusen
LIEBLINGSESSEN:
alles, was scharf ist, thailändisch besonders
BESONDERE KENNZEICHEN:
blond, aber unheimlich schlau (erzähl einen Blondinenwitz und du bist tot …)

Bibliografische Information Der Deutschen Bibliothek

Die Deutsche Bibliothek verzeichnet diese Publikation
in der Deutschen Nationalbibliografie;
detaillierte bibliografische Daten sind im Internet über
http://dnb.ddb.de abrufbar.

Die Schreibweise entspricht den Regeln
der neuen Rechtschreibung.

1 2 3 4 5 09 08 07 06 05

Umschlagillustration: Jan Birck
Printed in Germany
ISBN 3-473-47083-X

www.ravensburger.de
www.thomasbrezina.com
www.knickerbocker-bande.com

INHALT

Eine unheimliche Begrüßung 6
Ein Poltergeist? 13
Gemischte Gefühle 21
Bisse aus dem Nichts? 30
Rotkopf 37
Lotta Lamper 45
Ich lass keinen an ihn ran! 52
Was heißt Hoffer? 58
Es stimmt alles 65
Bloodhead schlägt zu 72
Barrakuda! Vorsicht! 80
Die dicke Gabel 88
Das Muschelhaus 95
Der Diktator 104
Hochspannung liegt in der Luft 113
Sauerstoff 119
An Bord des Piratenschiffes 127
Die Fahrt zur schwarzen Insel 134
Das Geheimnis des Kraters 141
Das vergessene Wesen 148
Verbotene Versuche 156
Altpapier kann nützlich sein 163
Wer ist es? 170
Darum! 177

EINE UNHEIMLICHE BEGRÜSSUNG

Wie ein eisiger Schleier legte sich die Kälte über den schlafenden Axel. Sie strich über seine Fußsohlen und die nackten Beine und kroch unter das dünne T-Shirt, das er in der Nacht immer trug.

Der Junge erschauerte im Schlaf und bekam eine Gänsehaut. Er schreckte auf und spürte, wie sein Herz raste. Mit weit aufgerissenen Augen starrte er in die Dunkelheit. Wo war er? Was hatte ihn geweckt? Warum fror er?

Langsam, sehr langsam tauchten in seinem Kopf Erinnerungsfetzen auf. Axel befand sich mit Lieselottes Eltern und seinen Knickerbocker-Freunden auf der kleinen Insel Port Annabella in der Karibik. Der Flug von Europa hatte 27 Stunden gedauert, da das Flugzeug zweimal eine Störung hatte und zwischenlanden musste. Die vier Mitglieder der Knickerbocker-Bande und Herr und Frau Schroll waren völlig erledigt, als sie endlich das Ziel der Reise erreichten.

Am Flugplatz waren sie in zwei Taxis gestiegen und hatten den Fahrern die Adresse angegeben, zu der sie wollten. Lilos Vater hatte sich einen Kindheitstraum erfüllt und ein großes Haus auf einer karibischen Insel gemietet. Es hieß „Salamander Castle“ und lag direkt am Meer.

Niemals würde Axel die Gesichter der Taxifahrer vergessen, als sie den Namen Salamander Castle hörten.

Die beiden dunkelhäutigen Männer erschraken und schüttelten heftig die Köpfe. Sie wollten die Urlauber nicht dorthin bringen und zählten ihnen einige Hotels auf, die es auf der Insel Port Annabella gab. Sie rieten ihnen ab, das Salamander Castle zu betreten, und Axel hatte verstanden, dass es dort angeblich spuke.

„Unsinn, das ist sicher nur ein Aberglaube. Vielleicht versuchen die Fahrer auch uns zu verkohlen!“, meinte Herr Schroll. Er war im Winter Skilehrer und im Sommer führte er Bergtouren. An Geister und Gespenster glaubte er nicht. Er steckte den beiden Männern Geld in die Brusttasche ihrer

Hemden und fragte: „Und? Bringen Sie uns jetzt hin?"

Die Fahrer zögerten noch immer und berieten sich. Sie schienen schließlich zu dem Schluss gekommen zu sein, dass man verrückte Touristen von ihren haarsträubenden und völlig verblödeten Ideen nicht abbringen solle.

Die Taxis rollten über löchrige, staubige Landstraßen, durch dürre Wäldchen, die nur aus Gestrüpp zu bestehen schienen, vorbei an hohen Palmen bis zur äußersten Landspitze der Insel. Dort lag das Salamander Castle – die Salamanderburg.

„Wow, die sieht wie eine Festung aus!", stellte Lieselotte überrascht fest.

Das große Gebäude bestand aus mehreren eckigen, hohen Türmen mit flachen grünen Dächern. Die Mauern waren weiß, die Fenster alle mit grünen Läden verschlossen. Auch das breite, doppelflügelige Tor war grün gestrichen.

Ungefähr hundert Meter vor der kleinen Festung hielten die Taxis. Die Männer erklärten, dass sie keinen Meter weiterfahren würden, und scheuchten die Knickerbocker und Familie Schroll aus den Wagen. Sie knallten ihnen das Gepäck auf die Zehen, schnappten das Geld, das Herr Schroll aus der Tasche holte, und rasten sofort wieder davon.

Fassungslos blickten ihnen die vier Freunde nach.

„Die tun ja so, als würde im nächsten Augenblick ein Menschen fressendes Ungeheuer aus dem Haus stürzen!", brummte Dominik kopfschüttelnd.

Den neu angekommenen Gästen blieb nichts anderes übrig, als ihre Koffer selbst zum Haus zu tragen.

Herr Schroll hob erstaunt die Augenbrauen, als er feststellte, dass sie auch dort niemand erwartete. „Ich habe dieses Haus – oder besser gesagt diese kleine Burg von einem Makler gemietet, der hier auf der Insel sein Büro hat", erzählte er. „Die Beschreibung von Salamander Castle hatte einfach sensationell geklungen und deshalb habe ich sofort zugeschlagen. Gewundert hat mich allerdings der Preis."

„Ist er so hoch?", wollte Poppi wissen.

Herr Schroll schüttelte den Kopf. „So niedrig. Diese Mini-Festung ist das größte Ferienhaus der Insel und billiger als alle anderen."

Dominik blickte über den Rand seiner Brille und meinte altklug: „Ohne Sie beunruhigen zu wollen, aber das könnte ein Hinweis darauf sein, dass etwas nicht stimmt."

Das Erstaunen der Urlauber wuchs, als sie sahen, dass der Schlüssel im Schloss des großen Tores steckte. An ihm hing ein Zettel mit der Nachricht: „Guten Aufenthalt, es ist alles für Sie vorbereitet. Mein Büro ist erst in drei Tagen wieder geöffnet. John Sinclair, Makler."

Als Frau Schroll die Hand ausstreckte, um das Tor zu öffnen, schreckte sie zurück.

„Was ist, Mama?", fragte Lieselotte besorgt.

Frau Schroll, eine sonst sehr unerschrockene Frau, deutete auf längliche Tiere, die neben dem Schloss und auf dem Holz der Tür hockten. Es handelte sich um grünliche Salamander mit feuerroten Flecken. Sie hatten die Mäuler weit aufgerissen und zeigten viele kleine, spitze Zähne und einen tiefen, hungrigen Schlund.

Poppi betrachtete die Tiere genauer und stellte fest, dass sie nicht echt, sondern aus Keramik waren. Allerdings sahen sie äußerst lebendig aus.

Herr Schroll schmunzelte über seine Frau und stieß das Tor auf. Lautlos schwenkte es nach innen und gab den Blick auf einen weitläufigen Innenhof frei. Er bestand fast zur Gänze aus einem blitzblauen Swimmingpool, über den eine geschwungene, schmale Brücke führte.

„Aaaa!" Dominik stieß einen Schrei aus und deutete auf dunkle Wesen, die unter der Brücke und hinter Säulen hervor und über den Rand des

Schwimmbeckens blickten. Es handelte sich um weitere rot gefleckte Salamander, von denen einige die Größe eines kleinen Krokodils hatten. Alle Tiere hatten, wie die Mini-Ausgaben auf der Tür, die Mäuler weit offen.

Etwas angewidert stellte Lilo fest, dass auch im Schwimmbecken Salamander-Figuren standen und nach oben glotzten. Das Superhirn der Bande, das normalerweise sehr cool und locker war, überlegte, ob es überhaupt je in diesem Bassin baden wollte.

„Kinder, regt euch ab, das sind alles nur kleine Statuen aus Ton!“, beruhigte sie Herr Schroll. Er marschierte mit großen Schritten über die Brücke und stieß eine weitere Flügeltür auf, die dem Eingang genau gegenüberlag. Vor ihnen erstreckte sich ein gelber Sandstrand, der in türkisfarbenes Meerwasser überging. Es war wie in einem Werbespot.

Die Zimmer des großen Hauses befanden sich alle in den Türmen und schmale Treppen führten aus dem Innenhof zu den Türen. Schnell war entschieden, wer wo schlafen würde, und jeder der vier Knickerbocker bezog sein Zimmer. Während Lilo und Axel auf das Meer hinausblickten, lagen Poppi und Dominiks Räume zum Land hin. Die Eltern Schroll bekamen den größten Raum, der eine gute Sicht nach allen Seiten bot.

In der Küche, die im Untergeschoss lag, stand eine große Schale mit Früchten zur Begrüßung, über die sich die Neuankömmlinge hungrig hermachten. Obwohl es erst halb acht am Abend und noch hell war, wollten alle schon schlafen gehen. Die Reise und der Zeitunterschied von sechs Stunden hatten sie geschafft. Total geschafft. Es dauerte nur Minuten, bis alle schliefen.

Axels Schlaf war tief und traumlos. Und auch jetzt, als er durch die geheimnisvolle Kälte geweckt wurde, drückte ihm die Müdigkeit noch immer die Augen zu.

Abermals schlug ihm ein eiskalter Hauch entgegen. „Wie eine Gestalt aus dem Jenseits, die mich anpustet!", dachte er.

Durch das Fenster fiel das Licht des Mondes und Axel hörte das Rollen der Wellen am Strand. Wieso war es so kalt? In der Karibik war Hochsommer, und Dominik hatte etwas von Temperaturen bis zu 40 Grad erzählt.

Ein leises Surren veranlasste Axel, aus dem Bett zu steigen und Richtung Fenster zu tappen. Bevor er noch die Ursache für den kühlen Luftzug ausmachen konnte, fiel sein Blick auf etwas anderes.

Ein Poltergeist?

Auf dem in der Nacht tief schwarzen Meer fuhr ein dreimastiges Segelschiff. Die Segel waren gehisst und der Rumpf lag tief im Wasser, als wäre das Schiff schwer beladen. Auf dem mittleren und dem höchsten Mast wehte eine kleine schwarze Fahne. Im Schein des Mondes war deutlich zu erkennen, was auf der Flagge abgebildet war: Es handelte sich um einen weißen Totenkopf mit gekreuzten Knochen. Das Zeichen der Piraten!

„Ich träume mit offenen Augen!", murmelte Axel und zwickte sich kräftig in den Arm. Autsch, das tat weh, änderte aber nichts an der Tatsache, dass er ein Piratenschiff sah. So etwas gab es doch sonst nur in Filmen, oder?

Axel öffnete das verriegelte Fenster und warme,

feuchte Luft schlug ihm entgegen. Er beugte sich ins Freie und hörte Musik draußen auf dem Meer. Es bestand kein Zweifel, wonach sich die Musik anhörte.

„Piraten! So musizieren und singen Piraten in Filmen und in Disneyworld!", schoss es dem Knickerbocker durch den Kopf.

Obwohl fast kein Wind wehte, bauschte sich plötzlich der Stoff der Segel. Das mächtige Schiff neigte sich von einer Seite auf die andere, als würde es von einem Sturm geschüttelt werden. Laute Befehle wurden an Deck erteilt. Axel beobachtete, dass sich dunkle Gestalten aufgeregt bewegten, an Seilen zogen und über die Takelage nach oben kletterten, um die Segel einzuholen.

Gleichzeitig dröhnte Kanonendonner, und aus den Mündungen der Kanonenrohre schossen grelle rote Blitze. Es sah aus, als würden die Piraten das Salamander Castel beschießen.

„Ich muss die anderen wecken. Das müssen sie selbst sehen, sonst glauben sie mir das nicht", sagte Axel zu sich selbst. Er drehte sich um und tappte durch das finstere Zimmer in die Richtung, in der er die Tür vermutete. Bevor er sie aber noch erreicht hatte, flog sie von allein auf und knallte ihm gegen die Nase.

BOOM

Axel stöhnte auf und presste die Hände auf sein schmerzendes Riechorgan. Er wollte hinaus in den Innenhof, kam aber nicht durch die Tür. Von seinem Nachtschränkchen sauste eine kleine Lampe, die die Form einer Sturmlaterne hatte, und knallte vor seinen nackten Füßen auf den Boden.

Erschrocken wich Axel zurück. Über seinem Kopf klirrte etwas, neben ihm klapperte eine Schranktür und an der Wand begann ein Bild heftig zu schaukeln.

Axel hechtete in sein Bett und holte seine Taschenlampe unter dem Kopfkissen hervor. Zum Glück hatte er sich angewöhnt, dort immer eine bereitliegen zu haben. Er knipste sie an und leuchtete den Raum ab.

Alles, was nicht fest angeschraubt oder angenagelt war, schien sich zu bewegen. Das Bild, auf dem ein wilder Piratenkapitän dargestellt war, pendelte immer heftiger und krachte auf den Boden.

Die Schranktür schien zu bersten und die beiden Türflügel sausten zur Seite wie Arme, die nach jemandem ausgestreckt wurden.

Zuerst hatte der Schreck den Jungen gelähmt und unfähig gemacht, etwas zu unternehmen, und auch jetzt wagte er sich nicht aus dem Bett. Doch er holte tief Luft und setzte zu einem Hilfeschrei an. Zuerst kam kein Ton aus seinem Hals, und erst beim dritten Versuch klappte es. Axel brüllte laut und lange.

Zu Hilfe kam ihm aber niemand. Ganz im Gegenteil: Aus den Nebenzimmern, in denen seine Knickerbocker-Freunde untergebracht waren, kamen ebenfalls Schreie.

Das Klirren und Klappern, das Poltern und Rücken, das Schieben und Ziehen nahm kein Ende. Es war, als hätte jemand hunderte unsichtbarer Fäden gepackt und würde an ihnen die Möbelstücke wie Marionetten in Bewegung setzen.

Der Junior-Detektiv hatte schon einiges erlebt, aber das übertraf einfach alles. Täuschte er sich oder krachte jetzt auch die Zimmerdecke? Knarrte der Fußboden? Stürzte das Salamander Castle ein?

„Raus, ich muss hinaus, ein Erdbeben!“ Dieser Gedanke brachte wieder Leben in Axels Glieder. Er rutschte aus dem Bett, schützte den Kopf mit den Armen und kämpfte sich halb gehend, halb auf den Knien rutschend zur Tür. Er schaffte es, ins Freie zu gelangen, und wollte die Treppe hinunter. Dabei verlor er die Orientierung, rutschte aus und stürzte kopfüber nach vorn. Axel fiel ins Nichts. Er spürte, wie er durch die Luft sauste, und vor seinen Augen tauchte die schmale Steintreppe ohne Geländer auf, die er am Abend hinaufgestiegen war. Sein Zimmer lag mindestens drei Meter über dem harten Boden des Innenhofes. Der Sturz würde schwere Verletzungen nach sich ziehen.

Axels rechter Arm berührte etwas Kühles. Es klatschte und Wasser schlug über ihm zusammen. Er war davon so überrascht, dass er Mund und Augen nicht schloss und das Wasser in seinen Rachen floss. Axel hustete und würgte. Er ruderte mit den Armen, um wieder an die Oberfläche zu kommen. Luftblasen sprudelten rund um ihn und die Geräusche, die er selbst im Wasser verursachte, dröhnten in seinen Ohren.

Axel war im Schwimmbecken gelandet, das ihn vor Knochenbrüchen bewahrt hatte. Das Bassin war aber viel tiefer, als er angenommen hatte. Er spürte den Boden unter seinen Zehen, schlug immer wilder mit den Armen, kam aber nicht nach oben. Langsam wurde die Sauerstoffreserve in seinem Körper knapp und er musste Luft schnappen.

„Stoß dich ab!“, fiel ihm ein und er zog gleich darauf die Knie leicht an. Sofort sank er noch tiefer und erreichte den betonierten Beckenboden. Axel stieß sich mit letzter Kraft ab und sauste nach oben.

Als sein Kopf die Wasseroberfläche durchstieß, sog er gierig die Luft ein, musste aber gleich darauf fürchterlich husten.

Den Bruchteil einer Sekunde später streifte etwas Glattes, Kaltes seine Seite. Etwas war an ihm vorbeigeschwommen und hatte ihn berührt.

Am liebsten wäre er wie im Zeichentrickfilm in die Höhe geschossen und aus dem Wasser direkt an Land gesprungen, doch das klappte nicht. Strampelnd bewegte er sich in die Richtung, in der er den Beckenrand vermutete.

Lichter flammten auf und Herr Schroll rief seinen Namen. Den Gürtel seines Bademantels verknotend kam er in den Hof gelaufen. Er zog Axel aus dem Wasser und packte ihn an den Schultern. „Alles in Ordnung?“, erkundigte er sich.

Der Schock stand Axel ins Gesicht geschrieben und zuerst schaffte es der Junge nicht, zu antworten. Er stammelte herum, hustete das Wasser aus seiner Luftröhre und warf ängstliche Blicke in den Pool. Das Wasser war glasklar und man konnte bis zum blauen Grund sehen. Von einem Wesen, das darin schwamm, keine Spur!

Nun kamen auch die anderen Mitglieder der Knickerbocker-Bande in den Hof gelaufen. Lieselotte war völlig durcheinander und redete unentwegt von einem Poltergeist in ihrem Zimmer. Poppi und Dominik, die ihre Freunde schreien gehört hatten, waren so erschrocken, dass sie in die Schreie eingestimmt hatten. Das Chaos war perfekt und alle vier Junior-Detektive fühlten sich total verwirrt und aufgewühlt.

„Das Piratenschiff draußen auf dem Meer … ein Geisterschiff … es ist schuld!“, stieß Axel hervor.

Herr Schroll ließ ihn stehen und stieß das Tor zum Strand auf. Der Mond stand fast senkrecht über dem Gebäude und zauberte einen silbrigen Schimmer auf die gekräuselten Wellen. Er beleuchtete die Umgebung gut genug, dass eines zweifelsfrei festzustellen war …

GEMISCHTE GEFÜHLE

Es gab kein Piratenschiff! Weit und breit war nichts zu sehen, das auch nur irgendwie an ein Schiff erinnert hätte.

„In meinem Zimmer … es hat gespukt! Sachen haben sich von allein bewegt!“, keuchte Axel.

Als Herr Schroll ansetzte, ihm zu erklären, dass das absolut unmöglich war, kam Lieselotte ihrem Freund zu Hilfe. „Bei mir war es genauso. Plötzlich hat die Tür gekracht und der Schrank hat geklappert.“

„Und es wurde eiskalt!“, fügte Axel hinzu.

Lilos Vater runzelte ungläubig die Stirn. Er lief die Treppe zu Axels Zimmer hinauf, und die Bande folgte ihm. Vorsichtshalber blieben die vier aber vor der Tür stehen.

Herr Schroll knipste das Licht an und sah sich um. Alles, was sich vorhin bewegt hatte, war wieder still. Einzig und allein die Nachtischlampe lag auf dem Boden. „Ganz klar, warum es hier so kalt ist!", meinte Herr Schroll lachend. Er deutete auf einen eckigen Kasten, der in die Wand unter dem Fenster eingelassen war. Es handelte sich um ein Gerät, dessen Vorderseite eine Art Gitter besaß, das leise surrte und klirrte. „Fühlt einmal!", forderte Lieselottes Vater die Bande auf.

Zögernd kamen dic Junior-Detektive näher und streckten die Hände aus. Eisige Luft wehte aus dem Gitter.

„Das ist eine Klimaanlage für heiße Nächte. Axel, du hast sie nur ein bisschen zu kalt eingestellt!", meinte Herr Schroll grinsend. Er warf dem Jungen einen Blick zu, der zu bedeuten schien: du armer Kleiner. Bist wohl ein bisschen wirr im Kopf. Aber mach dir nichts draus.

„Ich nehme an, dass die Geräusche durch den Temperaturwechsel entstanden sind", sagte der Vater. „Die Möbelstücke haben sich in der Hitze des Tages ausgedehnt und jetzt in der Kälte wieder zusammengezogen. Das war wohl die Ursache für das Krachen und Knarren."

Lieselotte kannte ihren Herrn Papa sehr gut. Sie

wusste, dass jeder Widerspruch zwecklos war. Wenn Herr Schroll von einer Sache überzeugt war, ließ er sich nicht mehr abbringen davon.

„Wir sind alle völlig übermüdet, deshalb hattet ihr Alpträume. Dazu kommt noch das Theater der Taxifahrer. Auf jeden Fall habt ihr euch alles nur eingebildet. Also husch zurück in die Körbchen!“ Lilos Vater scheuchte die Bande zurück in die Zimmer und wünschte allen eine gute Nacht.

„Alles wieder in Ordnung?“, fragte seine Frau besorgt, als er in das Zimmer zurückkehrte.

„Jaja, die Kinder sind nur überdreht. Sehen schon überall Piraten und Poltergeister!“, lachte Herr Schroll. Er ahnte nicht, dass auch er bald Bekanntschaft mit diesen Wesen machen würde.

Den Rest der Nacht verbrachte Lilo in Poppis Zimmer und Axel bei Dominik auf dem Teppich. Sicher war sicher. Auch wenn Herr Schroll den beiden Knickerbockern kein Wort glaubte, wussten die zwei, dass sie nicht geträumt hatten. Wieso sollten sie in zwei verschiedenen Zimmern zur selben Zeit den gleichen Alptraum haben. Das war unmöglich und weit von jeder Logik entfernt.

Der Morgen kam und die aufgehende Sonne verscheuchte die Schreckgespenster der Nacht. Als die vier Freunde erwachten, hörten sie das friedliche Rauschen und Rollen der Meereswellen, das Kreischen von Möwen, das Zirpen der Zikaden und sie spürten einen leichten Windhauch, der säuselnd über die Fensterläden strich.

Unter den Zimmertüren kam der Duft von gebratenen Eiern und Toast durch, und mit einem Schlag spürten die Knickerbocker-Freunde, dass sie Ferien hatten und auf eine echte Trauminsel gereist waren.

Die Gerüche und Geräusche machten sie schnell sehr munter. Die vier schlüpften in Shorts und T-Shirts und liefen in den Innenhof.

Die Küche von Salamander Castle war nicht in einem eigenen Raum, sondern in einer Nische des Hofes untergebracht. Herr Schroll hantierte dort geschickt mit Pfannen und Toaster und versprach, dass das Frühstück in wenigen Minuten fertig sein würde.

Die Bande nutzte die Zeit, die blieb, für ein schnelles erstes Bad im Meer. Das Wasser war klar, im Flachen türkisgrün, an tieferen Stellen blitzblau und warm wie ein Bad in der Badewanne. Axel, Lilo, Poppi und Dominik tobten übermütig durch die Wellen, tauchten, bespritzten sich gegenseitig und schwammen ein Stück hinaus.

Plötzlich aber spürte Axel wieder die geheimnisvolle Berührung, die er in der Nacht im Swimmingpool erfahren hatte. Abermals durchdrang ihn die Kälte des glatten, harten Körpers, der an ihm vorbeigeglitten war. Panik erfasste ihn und er kraulte, so schnell er konnte, zum Strand zurück.

Hektisch schoss er aus dem Wasser und ließ sich keuchend in den warmen Sand fallen.

Der Rest der Bande war noch im Meer und winkte ihm zu. „He, was soll das, Drückeberger? Ist dem Bubi das Wasser zu nass?“, spottete Lieselotte.

„Kommt raus! Schnell … schnell! Ein Hai!“, brüllte Axel.

Jetzt packte auch die anderen die Angst, und eine Minute später saßen sie bereits neben Axel und starrten auf das Meer hinaus.

„Wo … wo hast du den Hai gesehen?“, wollte Poppi wissen.

„Nirgendwo!“, gestand Axel ein wenig beschämt. Als sich die anderen wütend auf ihn stürzten, um sich für den Streich zu rächen, wehrte er sie ab. „Lasst das! Hört zu, mir ist etwas eingefallen, ganz plötzlich.“

Er schilderte das schreckliche Gefühl, das ihn überkommen hatte und gab zu, dass es beim Baden im Meer keinen Verdacht auf ein ähnliches „Wesen“ gegeben hatte. Es war wie ein kurzer Alptraum mit offenen Augen, der ihn plötzlich gepackt hatte.

Lieselotte blickte ihre Freunde der Reihe nach an und sagte mit gesenkter Stimme: „Leute, kein Wort darüber zu meinen Eltern! Mama regt das nur auf, und Papa denkt, bei uns seien ein paar Schrauben locker. Wir werden dem ‚Spuk' nachgehen, aber heimlich."

Die anderen waren einverstanden, und gemeinsam kehrten die vier zu der kleinen Festung zurück. Sie wollten vor dem Frühstück noch das Salzwasser unter der Dusche abspülen und Zähneputzen wäre auch nicht schlecht.

„Wisst ihr, dass wir zwölf Stunden geschlafen haben?", fragte Frau Schroll die Bande beim Essen.

Poppi nickte. Ihr war das auch aufgefallen, aber ehrlich gesagt hätte sie noch einmal so lange im Bett liegen bleiben können. Sie war noch immer geschafft.

„Wir gönnen uns heute absolute Ruhe, dann wird es uns schon am Abend großartig gehen!", meinte Herr Schroll zuversichtlich.

Seine Frau hatte einen Einwand: „Der Kühlschrank ist bereits fast leer. Wir müssen dringend einkaufen, haben aber kein Auto."

„Das erledigen wir!", mischte sich Lilo ein. „Vor dem Haus stehen Fahrräder. Wir radeln zum nächsten Laden und besorgen alles. Mach eine Liste und rück das Geld raus. Das ist ein Überfall!", fügte sie scherzhaft hinzu.

Während Frau Schroll alles aufschrieb, was benötigt wurde, inspizierten die Junior-Detektive das

Schwimmbecken. Es sah auf den ersten Blick völlig normal aus, doch die Knickerbocker entdeckten bald zahlreiche ungewöhnliche Dinge.

Da war zuerst einmal die Tiefe. Der Pool war mindestens drei, vielleicht sogar vier oder fünf Meter tief. Die Wände waren nicht senkrecht, sondern schräg. Der Boden des Beckens war größer als die Wasseroberfläche. Wozu das wohl gut war?

Geheimnisvoll und rätselhaft waren auch die Salamander-Statuen, die am Grund des Beckens aufgestellt waren. Durch die Wellen des Wassers wurden sie verzerrt und sahen noch unheimlicher aus als auf dem Trockenen.

Nicht so ungewöhnlich waren die Scheinwerfer, die in die Beckenwände eingelassen waren.

„Kann es sein, dass du eine dieser Statuen gestreift hast?", fragte Lilo.

Axel überlegte. Es war nicht auszuschließen. Er war bis zum Grund gesunken, doch er fühlte noch immer die Bewegung an seiner Seite. Nein, es hatte sich etwas neben ihm bewegt und war vorbeigeglitten.

Die Einkaufsliste war fertig, und die Knickerbocker-Freunde konnten los. Als sie das Haupttor öffneten und in das gleißende Sonnenlicht hinaustraten, blieb Lieselotte plötzlich erstaunt stehen.

„Los, tut so, als würdet ihr die Fahrräder nehmen“, raunte sie den anderen zu.
„Was ist?“, wollte Poppi wissen.
„Schaut unauffällig zur Zufahrt!“, erwiderte Lilo.

BISSE AUS DEM NICHTS?

Am Ende der Zufahrtsstraße, dort wo die Taxifahrer sie am Vortag abgesetzt hatten, stand ein dunkelblauer, lang gestreckter Wagen. Dominik, der sich als kleiner Junge immer sehr für Automarken interessiert hatte, erkannte ihn sofort.

„Wir haben es mit einem Chevrolet zu tun. Er ist ungefähr sieben Jahre alt und gilt als Sammlerstück. Diese Type ist besonders begehrt und teuer."

„Und der Fahrer hat ein Fernglas, durch das er das Salamander Castle und uns beobachtet!", sagte Lieselotte leise.

Die vier Freunde schwangen sich auf die Räder und traten in die Pedale. Sofort ließ der Unbekannte die Fensterscheibe seiner Wagentür elektrisch in die Höhe fahren. Sie war dunkel getönt und verspiegelt, sodass es unmöglich war, zu erkennen, wer dahinter saß. Der Wagen rollte fast lautlos an, und mit einem kräftigen Tritt auf das Gaspedal verschwand der Fremde auf der Landstraße.

Stumm blickten ihm die vier Knickerbocker nach.

„Wer war das?“, fragte Axel.

Lilo verzog den Mund und knurrte: „Wenn wir das wüssten, wären wir Hellseher und würden viel Geld in Fernsehshows verdienen, Mister!“

Axel brummte etwas von „man wird ja noch fragen dürfen“ und raste den anderen davon. Er hasste es, von Lilo so oberlehrerhaft behandelt zu werden. Jetzt würde er ihr beweisen, dass er ihr sportlich auf jeden Fall überlegen war.

Die Bande hatte keine Ahnung, wo sie einkaufen gehen konnte. Dominik erinnerte sich nur, dass sie gestern durch eine kleine Ortschaft gefahren waren und wusste auch, in welcher Richtung sie lag. Während Axel, Lilo, Poppi und Dominik so dahinfuhren, machte sich jeder der vier Gedanken über das Salamander Castle, den Spuk in der Nacht, die seltsamen Warnungen der Taxifahrer und den Beobachter. War es nur ein Neugieriger gewesen, der das ungewöhnliche Ferienhaus sehen wollte? Oder wurden sie kontrolliert? Wollte jemand erfahren, wie sie die Nacht in der kleinen Festung verbracht hatten? Oder hatte der Unbekannte gar nicht sie durch das Fernglas beobachtet, sondern etwas anderes, das sich in der Nähe des Castles befand? Was könnte das sein?

Nachdem die vier ungefähr eine halbe Stunde geradelt waren und bereits ziemlich schwitzten, erreichten sie den kleinen Ort. Es war eine Ansammlung von bunten Holzhäusern, die alle gemütliche Veranden, Balkone oder Terrassen auf dem Dach besaßen. Die Wände waren hellgelb, blitzblau, knallrot, grellorange und sogar giftgrün gestrichen. Die Fensterläden, Brüstungen, Balkongitter, Türen und Rahmen glänzten weiß.

Es gab nicht nur mehrere teure Boutiquen, sondern auch einen edlen Juwelier, ein Uhrengeschäft, einen Laden, in dem Luxus-Schuhe angeboten wurden, und ein Kaufhaus, das einem hypermodernen Supermarkt glich.

Die Bande trat ein und kühle, klimatisierte Luft schlug ihr entgegen. Fröhliche Musik drang aus einem Lautsprecher und eine Stimme pries auf Englisch die Sonderangebote des Tages an. In den verschiedenen Abteilungen gab es immer mehrere Verkäufer, die alle knallblaue Uniformjacken trugen, die am Kragen, an den Ärmelkanten und auf den Schultern mit gelben Streifen verziert waren.

Die Leute lächelten Axel, Lilo, Poppi und Dominik zu, boten immer wieder Hilfe an und begrüßten sie wie alte Freunde. Schnell hatten die vier alles gefunden, was Frau Schroll benötigte, und fuhren mit dem hoch beladenen Einkaufswagen zur Kasse.

„Wie sollen wir das alles nach Hause bringen?“, fragte Axel. „Dazu benötigen wir einen Anhänger!“

Das Mädchen an der Kasse, das ein puppenhaftes Gesicht hatte und besonders perfekt geschminkt war, schien die Frage verstanden zu haben. Auf Englisch erkundigte sie sich, wo die Knickerbocker untergebracht waren.

„Salamander Castle!“, erwiderte Dominik.

Mit Entsetzen und großer Beunruhigung beobachteten die Junior-Detektive die Reaktion des Mädchens. Das Lächeln verschwand aus seinem Gesicht und die Augen wirkten angsterfüllt. „Im Haus der Höllensalamander“, murmelte die junge Frau an der Kasse.

„Höllensalamander? Hm. Ich kenne Feuersalamander, aber von Höllensalamandern habe ich noch nie gehört!“, meinte Poppi, die sich bei Tieren hervorragend auskannte.

Das Mädchen zuckte zusammen, als wäre es gerade aus einem bösen Traum geweckt worden, und blickte die vier Junior-Detektive glasig an. „Höllensalamander … ich … ich kenne die Tiere auch nicht, aber ich habe öfter diese Bezeichnung gehört, wenn es um Salamander Castle ging."

Lieselotte beschloss, aufs Ganze zu gehen, und wollte wissen, was an Salamander Castle so erschreckend sei.

„Dort spukt es. Viele böse Geister haben von dem Haus Besitz genommen. Kinder, hütet euch! Hütet euch gut!", warnte das Mädchen die Knickerbocker und griff dabei nach ihren Händen. Es drückte sie freundschaftlich, fast wie eine Mutter, und schluckte immer wieder. „Ihr solltet dort nicht wohnen. Das Haus hat Jeremias Jones in den Wahnsinn getrieben. Seither sitzt er im Altenheim und spricht kein Wort mehr."

Dominik, der bekannt für sein ausgezeichnetes Gedächtnis war, hob fragend die Augenbrauen. „Jeremias Jones? Diesen Namen kenne ich!"

Das Mädchen, das ein Namensschild an der Uniformjacke trug, auf dem Lucinda stand, nickte heftig. „Er war ein weltbekannter Popstar, allerdings ist das schon dreißig Jahre her. Jeremias Jones ist jetzt fast sechzig und hat das Haus vor ein paar Jahren gekauft. Er ist oft hierher zum Einkaufen gekommen und hat immer wieder von dem Spuk erzählt. Vor einem Jahr ist er eines Nachts schreiend über die Landstraße gerannt. Ein Vetter von mir hat ihn entdeckt. Er trug nur ein langes, völlig durchnässtes Gewand, und seine Augen waren so groß wie Pingpong-Bälle. Er hatte mehrere Schnitte am Körper. Seither lebt Jeremias Jones im Altenheim und wird dort gepflegt."

Gespannt hatten die Knickerbocker zugehört. „Wieso wird das Haus dann überhaupt vermietet?", wollte Lieselotte wissen.

Lucinda zuckte mit den Schultern. „Ich weiß es nicht. Aber ich weiß, dass alle Urlauber, die dort gewohnt haben, nach spätestens drei Tagen die Flucht ergriffen haben. Bei einigen wurden schlimme Bisswunden an Armen und Beinen festgestellt, doch nicht einmal sie selbst wussten, woher sie stammten."

Poppi wurde merklich blass im Gesicht. Die Erzählung ängstigte sie sehr.

Lieselotte wurde langsam klar, wieso ihr Vater das Salamander Castle so billig bekommen hatte. Wahrscheinlich hatte sich bei vielen bereits herumgesprochen, dass es in diesem Haus nicht mit rechten Dingen zuging. Deshalb war es wahrscheinlich schwierig, es zu vermieten.

Lucinda hob mahnend den Zeigefinger, dessen Nagel pink lackiert war: „Denkt daran, dass das

Haus ein Treffpunkt für böse Geister ist. Verlasst es so schnell wie möglich, bevor es zu spät ist. Bitte!" Das Bitte fügte sie fast flehend hinzu.

Die Knickerbocker versicherten, dass sie sehr vorsichtig sein und vor allem Lilos Eltern alles berichten würden. Sie bezahlten und ein freundlicher junger Mann verpackte ihre Einkäufe in insgesamt zwölf Papiertüten. Er versprach, alles mit dem Wagen zum Salamander Castle zu bringen, doch auch er weigerte sich, bis zum Haus zu fahren. Er würde die Tüten bei der Abzweigung von der Landstraße abstellen.

Das mulmige Gefühl, das die Bande seit den Erlebnissen in der Nacht hatte, war durch Lucindas Erzählungen noch stärker geworden. Es gab ein Geheimnis rund um das Salamander Castle und die Knickerbocker-Bande wollte nicht davonlaufen. Die vier Junior-Detektive witterten einen neuen Fall. Sie ahnten nicht, dass ihre Neugier auf der Insel absolut unwillkommen und unerwünscht war.

ROTKOPF

Lieselotte unternahm noch einen Versuch ihren Vater davon zu überzeugen, dass der Spuk in der Nacht tatsächlich stattgefunden hatte. Herr Schroll lachte aber nur darüber.

Beleidigt brummte das Superhirn der Bande: „Wenn du mir nicht glaubst, ruf doch den Makler an, von dem du die Bude gemietet hast. Er wird dir bestätigen, dass alle Urlauber überstürzt abgereist sind. Manche sogar mit Verletzungen, von denen sie nicht wussten, woher sie stammten."

Herr Schroll lächelte auf eine Art, die seine Tochter zur Weißglut brachte. „Ich werde mit Mr Sinclair reden", versprach er. „Allerdings wirst du ein bisschen Geduld haben müssen, denn er ist erst in zwei Tagen wieder im Büro."

Die Knickerbocker-Bande holte die Badesachen und schlenderte zum Strand. Die vier machten es sich im Schatten einer ausladenden Palme bequem, ölten sich gut ein und blickten auf das Meer hinaus.

„Also ich … ich weiß nicht, ob ich hier noch einmal im Meer schwimme!“, sagte Poppi leise.

„Ich komme mir wie ein Idiot vor, aber ich habe auch Angst, in den Swimmingpool zu springen!“, gestand Axel.

Lieselotte knetete ihre Nasenspitze. Diese Aktion bedeutete, sie dachte angestrengt nach.

„Es gibt zwei Möglichkeiten“, begann sie ihre Überlegungen zu erläutern, „entweder wollen uns die Einheimischen abschrecken und aus diesem Haus verjagen, oder hier geht es tatsächlich nicht mit rechten Dingen zu.“

Dominik putzte aus lauter Nervosität immer wieder seine Brille. „Vielleicht wollen uns nicht die Einheimischen vertreiben, sondern jemand ganz Bestimmter. Könnte doch sein, dass es jemand auf das Haus abgesehen hat, oder?“

Die anderen stimmten zu. Die Möglichkeit bestand.

„Aber wenn das nicht so ist, was hat dieser Spuk dann zu bedeuten und wie entsteht er? Ich meine, wie kann eine Tür von allein aufgehen, ein Schrank ächzen und knarren und eine Nachttischlampe vom Tisch fallen?", wollte Axel wissen.

Lilo war noch etwas eingefallen: „Hast du eigentlich die Klimaanlage vor dem Schlafengehen eingeschaltet, Axel?"

Er schüttelte den Kopf. Nein, das wusste er genau. Er hasste Klimaanlagen.

„Meine Anlage ist auch gelaufen, aber ich habe es nicht sofort bemerkt, weil sie nicht auf eiskalt gestellt war!", berichtete Lilo.

Dominik hatte wieder einen Stapel Bücher über die Karibik mitgenommen, aber über die kleine Insel Port Annabella stand nur ein Satz drinnen. Das Salamander Castle war natürlich viel zu unwichtig und wurde überhaupt nicht erwähnt. Er überlegte deshalb fieberhaft, woher sie mehr Informationen bekommen könnten.

„Jeremias Jones weiß bestimmt mehr, aber er spinnt!", meinte Lilo. Trotzdem wollte sie den alten Popstar unbedingt im Heim besuchen. Sie konnte vorgeben, ein Autogramm von ihm zu wollen. Möglicherweise gelang es ihr, irgendetwas herauszufinden. Es musste doch einen Grund für die Veränderung des Mannes geben.

Der Rest des Tages verlief ohne besondere Vorkommnisse und in aller Ruhe. Die vier Freunde schwitzten selbst im Schatten so sehr, dass sie schließlich eine Abkühlung dringend nötig hatten. Sie bevorzugten allerdings den Pool, und einer von ihnen blieb auf der Bogenbrücke stehen und spielte „Baywatch". Das bedeutete, dass er seinen Blick ständig über das Wasser schweifen ließ und eventuell auftauchende „Gefahren" sofort meldete.

Die Bande kam sich bei dieser Aktion ziemlich lächerlich vor und, wie nicht anders zu erwarten, tauchten weder ein Hai noch ein Monster im klaren Salzwasser auf, mit dem das Becken gefüllt war.

Das Einzige, was die Junior-Detektive feststellen konnten, war, dass eine Umwälzpumpe das Wasser ständig von der Oberfläche absaugte, filterte, reinigte und danach wieder in den Pool pumpte. Im Boden war ein rundes feinmaschiges Gitter zu sehen, durch das das saubere Wasser in das Becken zurückströmte.

Da Herr und Frau Schroll mehrere Male im Meer geschwommen waren und dabei nichts Auffälliges oder Gefährliches entdeckt hatten, wagten sich die vier Freunde schließlich auch wieder hinein. Sie versuchten, mit lautstarken Wasserballspielen ihre Angst und alle möglicherweise lauernden Gefahren zu verscheuchen.

Die Sonne versank als glutroter Ball am Horizont und die Nacht brach schnell herein. Wieder schliefen die Jungen in einem Zimmer und die Mädchen im anderen. Als sie am Morgen erwachten, stellten sie erleichtert fest, dass sich nichts ereignet hatte, das nach Spuk aussah.

Da die Sonne bereits am späteren Vormittag glühend heiß werden konnte, wollte Lieselotte gleich nach dem Frühstück aufbrechen, um Jeremias Jones im Altenheim zu besuchen. Ihren Eltern sagte sie nichts davon und behauptete, gemeinsam mit dem Rest der Bande eine Erkundungstour mit dem Fahrrad über die Insel zu unternehmen.

Port Annabella wurde in allen Reiseprospekten als Radfahrer-Paradies angepriesen, da es fast keine Autos gab, und auch die Inselbewohner meistens das Rad als Fortbewegungsmittel benutzten.

Die Bande radelte in den Ort mit den bunten Häuschen, der übrigens den Namen Jumby-City trug, und statteten Lucinda im Supermarkt einen Besuch ab. Die junge Frau war sehr erfreut, die vier Junior-Detektive wohlauf zu sehen.

„Ich glaube, es ist nur ein Märchen, dass es in dem Haus spukt“, sagte Lilo vorsichtig. Sie wollte herausbekommen, wie Lucinda darauf reagierte.

„Nein, nein, das ist kein Märchen. Auf Port Annabella hat es immer einen Ort des Bösen gegeben. Auch damals, als die Piraten noch hier gehaust haben."

„Piraten?" Dominik horchte auf. Er hatte bereits zwei Bücher über Piraten gelesen, die in der Karibik ihr Unwesen trieben. Es hatte sich um besonders raue und äußerst geschickte Seeräuber gehandelt, die vor rund 300 Jahren alle Handelsschiffe überfielen und plünderten, die ihnen in die Quere kamen.

Ihre Beute war sicher nicht schlecht gewesen. Viele Schiffe waren mit Gold und Silber aus Südamerika beladen. Einen großen Teil davon sollten die Piraten auf Inseln versteckt haben. Da aber auch immer wieder Piratenschiffe versenkt worden waren, sollte ein mindestens ebenso großer Teil auf dem Meeresgrund verstreut liegen.

Lucinda wusste viel zu erzählen und tat es auch gerne. „Port Annabella war früher ein Piratenhafen. Dort wurden die flachen, wendigen Schiffe der Seeräuber für neue Raubzüge gerüstet. Die Piraten haben sich in dieser Zeit in Spelunken betrunken und unterhalten. In einem kleinen Fort, das dem Salamander Castle ähnlich gesehen haben muss, hauste Käpten Bloodhead."

„Bloodhead? Das bedeutet übersetzt ‚Blutkopf'."

unterbrach Dominik. „Ist er vor Wut immer rot im Gesicht geworden?"

Lucinda machte ein geheimnisvolles Gesicht. „Nein, nein. Der Name kommt von seinem Haar. Es war manchmal rot vom Blut der Seeleute, gegen die Bloodhead gekämpft hat. Das wird zumindest erzählt. Es kann auch möglich sein, dass er einfach rote Haare hatte. Bei Angriffen auf andere Schiffe soll sich Bloodhead oft Schnüre in die verfilzte Mähne gesteckt haben, die mit Schwarzpulver eingerieben waren. Er entzündete sie, worauf Funken und Rauch von seinem Kopf aufstiegen. Dadurch sah er noch Furcht erregender aus."

Poppi hatte Zweifel, ob das wahr war, doch Lucinda schien sehr sicher zu sein. „Im Piratenmuseum hängt ein Bild von Bloodhead, das ihn im Kampf zeigt. Mit Feuer und Rauch."

Auch Lilo glaubte diese Geschichte nicht so ganz, hörte aber trotzdem aufmerksam zu.

„Käpten Bloodhead hatte ein großes Geheimnis, das ihn vor dem Tod bewahrte. Als er eines Tages von spanischen Soldaten überwältigt und festgenommen wurde, entdeckte man, dass Bloodhead in Wirklichkeit eine Frau war. Und weil sie ein Kind erwartete, wurde sie auch nicht, wie die übrigen Piraten, gehängt. Sie bekam einen kleinen Sohn und konnte aus dem Gefängnis fliehen. Bloodhead kam zurück nach Port Annabella und kommandierte auch weiterhin eine Flotte von Piratenschiffen.

Lange Zeit konnte sie die Festung gegen alle Angriffe verteidigen. Doch eines Tages, als alle Schiffe ausgelaufen waren, tauchten unerwartet spanische Kriegsschiffe auf und beschossen die Hafenstadt. Sie legten alles in Schutt und Asche.

Käpten Bloodhead lebte trotzdem weiterhin auf der Insel, doch die übrigen Seeräuber gaben auf und heuerten anderswo an. So endete vor 200 Jahren die Piraterie auf dieser Insel."

„Aber es wird berichtet, dass irgendwo auf der Insel Käpten Bloodheads sagenhafter Schatz versteckt liegt!", fuhr Dominik fort.

Lucinda blickte ihn überrascht an. „Woher weißt du das?"

LOTTA LAMPER

„Äh, habe ich mir eigentlich nur so gedacht!", gestand Dominik.

Es war tatsächlich so. Seit damals hielt sich das hartnäckige Gerücht, dass Bloodhead einen großen Teil der Beute an einen sicheren Ort gebracht hatte, der sich aber bestimmt auf Port Annabella befand. Nach der Geburt ihres Sohnes hatte die Piratin die Insel nämlich nie mehr verlassen, weil sie sich als gute Mutter immer um das Kind kümmerte.

„Mary Bloodhead war eine Ausnahme", fügte Lucinda hinzu. „Frauen wurden an Bord von Piratenschiffen sonst nie geduldet. Aus diesem Grund trug Bloodhead auch immer Männerkleidung und soll im Kampf stärker als zehn männliche Seeräuber zusammen gewesen sein."

Lilo kam nun zum eigentlichen Grund des Besuches. „Lucinda, wir möchten unbedingt ein Autogramm von Jeremias Jones. Wo befindet sich dieses Altenheim, in dem er untergebracht ist?“

Die dunkelhäutige Frau riss die Augen weit auf. „Nein, ihr dürft nicht zu ihm. Niemand darf das. Er ist völlig verrückt und gefährlich. Er hat schon mehrere Pfleger und Krankenschwestern angegriffen und verletzt.“

Trotz dieser Tatsache beharrte Lieselotte darauf, die Adresse des Heims zu erfahren. Nur widerwillig und erst nach langem Zureden rückte Lucinda damit heraus. Das Heim befand sich direkt neben dem kleinen Krankenhaus der Insel und war mit dem Rad noch ungefähr zwanzig Minuten entfernt.

Die Knickerbocker ließen sich den Weg beschreiben, bedankten sich und fuhren los.

Das Krankenhaus war ein lang gestreckter, weiß gestrichener Holzbau, der sehr friedlich aussah. Vor einem angrenzenden Nebengebäude saßen mehrere weißhaarige Menschen im Schatten der Veranda, plauderten, sahen auf einem kleinen Fernseher ein Fußballspiel an, summten vor sich hin oder spielten Karten. Es bestand kein Zweifel, dass sie Bewohner des Heimes sein mussten, in dem auch Mr Jones untergebracht war.

Als die Knickerbocker die Veranda betraten, grüßten sie höflich und wurden besonders freundlich zurückgegrüßt. Eine Krankenschwester in hellblauer Tracht mit weißem Häubchen trat aus der Tür. Sie trug ein Tablett mit verschiedenen Pillendöschen darauf. Erstaunt musterte sie die unerwarteten Besucher.

„Guten Tag, wir machen Ferien auf der Insel und haben erfahren, dass Mr Jones hier lebt!", sagte Lilo auf Englisch.

„Kommt ihr etwa aus Deutschland?", fragte die Schwester auf Deutsch.

„Nein, aus Österreich!", antwortete das Superhirn überrascht. „Wieso … haben Sie das sofort gemerkt?"

„Ich bin Berlinerin und euer Akzent ist ein eindeutiger Hinweis darauf, dass eure Muttersprache Deutsch sein muss."

Die Bande war froh, nicht Englisch reden zu müssen, da es doch sehr anstrengend war.

„Mr Jones darf nicht besucht werden", sagte die Schwester. „Er ist leider schwer krank und aggressiv. Wisst ihr, was das bedeutet?"

Die Knickerbocker nickten. Die Krankenschwester bestätigte nur, was sie bereits von Lucinda erfahren hatten.

„Können wir wenigstens ein Autogramm bekommen?“, fragte Dominik und streckte der Frau einen Zettel und einen Kugelschreiber entgegen. Er war ein großartiger Schauspieler und wenn er seinen treuherzigen Dackelblick aufsetzte, schmolz jedes Herz. Niemand konnte ihm eine Bitte abschlagen.

„Nein, auch keine Autogramme!“, sagte die Schwester scharf und in ihrer Stimme schwang ein kalter Unterton.

„Wir wohnen in seinem Haus!“, verkündete Axel.

Die Schwester hob erstaunt die Augenbrauen. „Ich dachte, man hätte endlich aufgegeben, es zu vermieten, nach allem, was dort geschehen ist.“

„Wieso? Es ist doch ein wundervolles Haus, fast eine Burg. Ist dort irgendetwas Ungewöhnliches passiert? Ich meine, wir haben es dort sehr nett“, schwindelte Dominik, und keine Sekunde war ihm die Lüge anzumerken.

Zuerst schien die Krankenschwester zu überlegen, ob sie den vier Freunden die Wahrheit sagen sollte. Dann aber setzte sie ein strahlendes Lächeln auf und meinte: „Ach, es handelt sich wohl nur um Tratsch und Gerüchte. Ich war immer der Meinung, dass Mr Jones aus einem ganz anderen Grund durchgedreht hat.“

„Und der wäre?“, wollte Axel wissen.

„Darüber kann ich keine Auskunft geben. Das erlaubt mir die Schweigepflicht nicht. So, und jetzt muss ich mich um die alten Leute kümmern. Hat mich gefreut, wieder mal Deutsch reden zu können. Tschüss!“

„Verzeihung, wie heißen Sie eigentlich?“ Dominik verstellte der Schwester den Weg, damit sie die Frage auch bestimmt beantwortete.

„Lotta Lamper, wieso?“

„War nur eine Frage!“

Die vier Freunde kehrten zu ihren Fahrrädern zurück und schwangen sich auf die Sättel. Sie wollten schon losfahren, als Poppi plötzlich meldete, dass sie noch dringend auf die Toilette musste.

Als sie zur Veranda des Altenheimes zurückkehrte, war Lotta Lamper nicht mehr zu sehen. Poppi öffnete die Tür des Hauses, die nur aus einem Rahmen und Fliegengitter bestand, und betrat einen düsteren Gang, von dem mehrere Räume abgingen.

Sie hatte Angst, von jemandem entdeckt und vielleicht beschimpft zu werden, und ging deshalb auf Zehenspitzen. Das Mädchen hoffte auf ein internationales Toilettenzeichen an einer Tür, konnte aber keines finden.

Poppi war fast schon im hintersten Teil des Ganges angelangt, als sie knapp neben sich die Stimme von Frau Lamper hörte. Sie erschrak so heftig, dass ihr Herz wild zu rasen begann. Ihr war die Frau absolut nicht sympathisch, und sie machte sich auf ein schlimmes Donnerwetter gefasst.

Lotta Lamper sprach Deutsch, aber ihre Worte galten nicht Poppi. Das Mädchen sah eine Tür, die einen Spaltbreit offen stand, und hinter der sich die Frau befinden musste.

Erleichterung machte sich in Poppi breit. Aber nur kurz, denn dann verstand sie, was die Frau sagte.

ICH LASS KEINEN AN IHN RAN!

„Wieso hat dieser Doofkopf Salamander Castle schon wieder vermietet?“, bellte sie. Da keine Antwort kam, stand fest, dass sie telefonierte. „Vier Kinder waren da und haben mir erzählt, dass sie dort Ferien machen. Sie wollten ein Autogramm von Jones.“

Lotta Lamper legte eine Pause ein, reagierte auf alles, was der andere sagte, höchstens mit einem kurzen „Ja“, aber meistens nur mit „Mhm“.

„Natürlich nicht!“, brauste sie auf. „Wofür hältst du mich? Ich lasse doch niemanden zu dem Alten, aber du musst endlich etwas unternehmen. Es geht nicht, dass die Hütte ständig weitervermietet wird. Und überhaupt, wieso sind diese Witzfiguren noch drin? … Was? Hast du? Aber es hat nichts genützt.

Unternimm etwas, und zwar schnell. Überhaupt habe ich langsam von all dem Theater genug. Wann geht's endlich los? Wann haben wir endlich die Kohle, für immer von dieser verdammten Insel zu verschwinden?" Die Antwort, die sie erhielt, veranlasste sie wieder nur zu einem „Mhm". Grußlos legte sie den Hörer auf.

Ein Sessel wurde gerückt und Lotta Lamper war zweifellos aufgestanden. Poppi sah sich nach einem Ort um, an dem sie sich verstecken konnte. Da sie nichts Besseres fand, öffnete sie die nächste Tür und schlüpfte in den Raum, der dahinter lag. Es musste sich um ein Medikamentenlager handeln, denn es war stockfinster und roch nach Apotheke und Krankenhaus.

Mit angehaltenem Atem wartete das Mädchen, dass Frau Lamper aus ihrem Zimmer kommen und weggehen würde. Aber es tat sich nichts auf dem Gang. Poppis Angst und Aufregung wuchsen von Minute zu Minute. Wie lange musste sie noch hier bleiben?

Sie hatte große Sorge, dass ihre Freunde sie vielleicht suchen kamen. Liefen sie Frau Lamper in die Arme, würde diese vermuten, dass sie das Gespräch belauscht hatte.

Poppi erinnerte sich, dass sie eine Mini-Taschenlampe an einer kleinen Kette am Gürtel trug. Sie drückte den Knopf und ein winziger Lichtkegel flammte auf. Suchend leuchtete sie den Raum ab. Wie sie erwartet hatte, standen an jeder Wand hohe Regale, die mit Flaschen, Kanistern, Pillendosen, Tuben und Verbänden voll geräumt waren. Auf der linken Seite bemerkte Poppi einen Spalt zwischen zwei Regalen und als sie ihn näher begutachtete, entdeckte sie eine Tür. Sie drehte den Knauf und die Tür ging auf.

Licht kam von draußen herein und Poppi betrat einen weiß getünchten, sehr kühl wirkenden Untersuchungsraum. Hier befanden sich nur eine flache Liege, ein kleiner Schreibtisch, zwei Stühle und ein Paravent, hinter dem sich die Patienten aus- und wieder ankleiden konnten.

Im Augenblick war der Raum leer und Poppi hastete zur Tür, die am vorderen Ende des Zimmers lag. Diese Tür würde sie wieder auf den Gang bringen, doch befand sie sich dann bereits fast schon bei der Veranda. Sie trat hinaus und stellte erleichtert fest, dass weit und breit niemand zu sehen war.

Aus Lotta Lampers Büro drang wieder das Geräusch von Sesselrücken. Poppi schaltete schnell und öffnete so laut wie möglich die Eingangstür. „Hallo? Hallo, ich brauche Hilfe!“, rief sie.

Die Schwester kam mit schnellen Schritten auf den Gang und blickte sie überrascht an. Sie zwang sich zu einem Lächeln und erkundigte sich, was Poppi wollte.

„Ich muss mal!“, piepste das Mädchen und klimperte heftig mit den Wimpern. Frau Lamper zeigte ihr die Toilette, wartete aber draußen, bis Poppi fertig war. Sie begleitete sie zum Ausgang und verabschiedete sie schnell.

„He, bist du ins Klo gefallen?“, wollte Axel wissen, als sie zu den anderen zurückkam.

„Kommt, wir fahren!“, meinte Poppi und gab den anderen mit den Fingern ein Zeichen, dass etwas geschehen war, sie aber nicht darüber sprechen wollte und konnte.

Der Rest der Bande verstand sofort und die vier Freunde radelten los. Nachdem sie hinter der ersten Wegbiegung verschwunden waren, hielten sie wieder an und Poppi berichtete so kurz und so ausführlich wie nur irgend möglich, was sich ereignet hatte.

Lilo blies die Backen auf und stieß pfeifend die Luft wieder aus. „Das ist ein dickes Ding!“, meinte sie.

Dominik notierte sich im Kopf einiges. „Auf jeden Fall wissen wir jetzt, dass Frau Lamper einen

Verbündeten hat, der sich auf der Insel befindet und Deutsch spricht."

„Und wir wissen, dass sie diesen Jeremias Jones unter Verschluss hält", sagte Axel. „Es muss einen Grund geben, dass sie niemanden zu ihm vorlässt."

„Na gut, dann werden wir den alten Knaben gleich einmal suchen!", beschloss Lieselotte. Sie hatte in Popzeitschriften schon einige Artikel über den Alt-Rocker gelesen, der vor einigen Jahren sogar wieder die Hitparaden gestürmt hatte. Er wurde oft als Rock-Opa bezeichnet und sah auch so aus. Wenn sich Lilo richtig erinnerte, war er weißhaarig, hatte ein zerfurchtes und ziemlich gezeichnetes Gesicht, eine spitze Nase und wulstige Lippen.

„Wie willst du ihn finden?", erkundigte sich Dominik.

„Schritt eins: Ich schleiche zu dem Altenheim zurück und schaue in alle Fenster. Entdecke ich ihn auf diese Art nicht, ist Schritt zwei, dass ich versuche mit einem der alten Menschen zu reden und ihn nach Mr Jones zu fragen. Klappt auch das nicht, werde ich probieren, in das Heim zu gelangen und weitersuchen. Schlägt auch das fehl, dürft ihr mich Susi Sinnlos nennen."

Axel, Dominik und Poppi lachten nicht über den kleinen Scherz. Sie hatten kein gutes Gefühl bei Lilos Plan. Die Gefahr, dass sie entdeckt wurde, war groß.

Trotz vieler Warnungen ließ sich Lilo Superhirn aber nicht von ihrem Vorhaben abbringen.

WAS HEISST HOFFER?

Lieselotte schlug sich hinter die Büsche, die am Wegrand wucherten, und gelangte auf diese Art ungesehen zum Krankenhaus. Dort ging sie nicht an der Vorderfront entlang, sondern marschierte direkt zur Hinterseite des lang gestreckten Gebäudes. Das Altenheim grenzte fast an das Krankenhaus an. Zwischen den beiden Holzhäusern war höchstens ein Meter Abstand.

Lilo musste sich auf die Zehenspitzen stellen, um in die Zimmer zu blicken, konnte aber Mr Jones nicht finden. Deshalb beschloss sie, mit einem der alten Menschen ins Gespräch zu kommen.

Sie wählte den schmalen Durchgang zwischen den beiden Häusern, um zur Vorderseite des Heimes zu gelangen.

„He, da sind auch Fenster!“, stellte Lieselotte überrascht fest. Sie wunderte sich ein wenig darüber, da die Zimmer dahinter ziemlich düster sein mussten.

Wieder sprang Lieselotte vor jedem Fenster in die Höhe und warf suchende Blicke über das Fensterbrett.

Bei Fenster Nummer drei erlebte sie einen kleinen Schock, als sie plötzlich auf den Rücken von Schwester Lotta starrte, die sich genau in diesem Augenblick in ihrem Bürosessel nach hinten drehte. Lilo tauchte ab und kauerte sich unter das Fenster.

Da die Krankenschwester, die gerade ein Telefongespräch führte, einfach weitersprach, schien sie nichts bemerkt zu haben. Diesmal sprach sie Englisch und zwar so schnell und abgehackt, dass das Superhirn nichts verstand.

Im Zimmer daneben lag er. Obwohl nur Teile seines Gesichtes zu sehen waren, erkannte ihn Lieselotte sofort. Der weltberühmte Jeremias Jones, der noch vor wenigen Jahren mit seiner Band über große Bühnen gerockt und getobt war, lag bleich auf einem Krankenhausbett. Er war mit einem Leintuch zugedeckt, auf dem die beiden dünnen Arme lagen. Mr Jones trug ein schmutziges weißes T-Shirt und in seinem Gesicht spross ein grauer, ungepflegter Bart. Der Mann hatte die Augen geöffnet und starrte zur Zimmerdecke.

Lilo bemerkte, dass das Fenster offen stand und sprang geschickt hinauf. Sie stemmte sich mit den Armen am Fensterrahmen in die Höhe und kletterte in den Raum. Bis auf das Bett war er seltsamerweise völlig leer.

Leise trat das Oberhaupt der Bande neben den liegenden Mann und sah sich sein Gesicht aus der Nähe an. Die Haut war durchsichtig, fast wie Wachs und die Atemzüge gingen langsam, aber regelmäßig.

„Mr Jones!“, sagte Lieselotte leise. Die Augen des Mannes wanderten zu ihr, während sein Kopf starr auf dem weißen Kissen liegen blieb. „Mr Jones, Sie kennen mich nicht, aber ich wohne in Ihrem Haus. In Salamander Castle.“

Seine Augen weiteten sich. Der Mann schien sie zu verstehen, aber nicht reagieren zu können.

„Wir haben beobachtet, dass es dort spukt. Es haben sich Sachen bewegt und im Swimmingpool hat ein Freund von mir etwas gespürt. Vielleicht ein Tier.“

Der Mann, der noch viel älter aussah, als er in Wirklichkeit war, zwinkerte heftig mit den Augen. Sollte das Zustimmung bedeuten?

„Mr Jones, kann ich Ihnen helfen?" Lilo ärgerte sich, dass sie diese Frage nicht schon viel früher gestellt hatte.

Der Mann schien ihr etwas sagen zu wollen, doch seine Arme und Beine schienen gelähmt zu sein. Seine ausgetrockneten Lippen zuckten, aber es kam kein Wort heraus.

„Wollen Sie mir etwas sagen? Können Sie mir etwas sagen?", fragte Lieselotte. Wieder heftiges

Zwinkern. Die Augen schienen das Einzige zu sein, was Mr Jones bewegen konnte.

Das Superhirn hatte eine Idee. „Ich sage jetzt das Alphabet auf. Wenn ich bei einem Buchstaben ankomme, der zu Ihrer … Botschaft … Nachricht … also dazu passt, was Sie mir sagen wollen, zwinkern Sie. Okay?“

Wieder heftiges Zwinkern. Lieselotte begann und Mr Jones schien ihr angestrengt zuzuhören. Erreichte Lilo in der Aufzählung den richtigen Buchstaben, zwinkerte er kurz und sie versuchte, ihn sich zu merken. Das Wort, das sie auf diese Weise zusammenbekam, sagte ihr allerdings gar nichts. „Hoffer? Was soll das sein?“ Lilo war fest davon überzeugt, einen Fehler gemacht zu haben. Oder der alte Mann war so verwirrt, dass er ihr falsche Zeichen gegeben hatte.

Auf dem Gang waren plötzlich Stimmen zu hören. Es war Zeit zu verschwinden. „Ich komme wieder!“, versprach Lieselotte, doch Mr Jones reagierte diesmal nicht. Er hatte die Augen geschlossen und sah wie tot aus. Das Mädchen erschrak sehr bei diesem Anblick und verließ so schnell wie möglich den Raum durch das Fenster.

Die Luft flimmerte über dem Asphalt der Straße, als die Knickerbocker zum Salamander Castle zurückradelten. Lieselotte berichtete ihren Freunden auf der Fahrt, was sie in Erfahrung gebracht hatte, aber keiner konnte sich einen Reim darauf machen.

Auf jeden Fall war klar, dass mit dem Haus der Höllensalamander etwas nicht stimmte und Gäste dort höchst unerwünscht waren. Fest stand, dass Lotta Lamper etwas mit der Sache zu tun hatte und wusste, was mit Mr Jones geschehen war. Was hatte er in dem Haus nur erlebt, das ihn so verändert hatte?

„Mir … mir ist kotzübel!“, meldete Dominik. Die Hitze war fast unerträglich und da er keine Kappe trug, bekam er langsam das Gefühl, dass sein Gehirn im Schädel kochte.

Poppi erinnerte sich, ein Stofftaschentuch bei sich zu haben. Sie holte es heraus und schlug Knoten in alle vier Ecken. So wurde daraus eine Not-Kopfbedeckung, die Dominik vor dem Schlimmsten schützen sollte. Dankbar setzte der Junge sie auf und war einverstanden, dass die vier versuchen wollten, so schnell wie möglich zu Salamander Castle zu gelangen.

Völlig durchgeschwitzt, durstig und erschöpft erreichten sie endlich die kleine Festung. Vor dem Haus parkte ein Wagen. Es war ein dunkelblauer Chevrolet mit verspiegelten Scheiben. Zweifellos derselbe Wagen, von dem aus das Haus am Vortag beobachtet worden war.

Die Knickerbocker stiegen von den Rädern und blickten einander fragend an. Was hatte das zu bedeuten? Wie sollten sie sich jetzt verhalten?

ES STIMMT ALLES

Das Haustor wurde aufgerissen und Frau Schroll stürmte auf die Bande zu. „Kinder, wo wart ihr so lange? Ich habe mir größte Sorgen gemacht!", sagte sie vorwurfsvoll.

Lieselotte überhörte den Vorwurf ihrer Mutter und fragte: „Habt ihr … Besuch? Wem gehört denn der Wagen?"

„Diesem Mr Sinclair, dem Makler. Er ist auf einen Sprung vorbeigekommen."

Dominik legte die Stirn in Falten. „Ich dachte, er sei erst morgen wieder in seinem Büro. Überhaupt muss ich mitteilen, dass wir ihn bereits gestern gesehen haben, als er das Haus durch ein Fernglas beobachtete. Wieso hat er auf seiner Notiz, die am Schlüssel befestigt war, gelogen?"

Axel, Lilo und Poppi stöhnten auf. So kompliziert und verdreht konnte nur Dominik reden.

„Kommt rein und geht schwimmen. Ihr seht völlig geschafft aus!“, meinte Frau Schroll, die auf Dominiks Fragen-Feuerwerk keine Antworten wusste.

Die Knickerbocker-Bande betrat den angenehm kühlen Innenhof, wo Herr Schroll mit einem Mann am Pool saß. Beide hatten hohe Gläser in der Hand und tranken irgendetwas Hellblaues.

„Tag, Kinder!“, begrüßte Lilos Vater die Heimkehrer. Er zeigte auf seinen Gast und stellte ihn als Mr Sinclair vor.

Er war nicht dick, aber trotzdem schwabbelig. Sein Haar war mit viel Gel frisiert und er roch stark nach einem Herrenparfüm. Auffällig war vor allem sein Tick, sich alle paar Sekunden mit den Händen über die Haare zu streichen.

„Sie staunen, dass wir noch immer hier sind und nach dem Spuk in der ersten Nacht nicht gleich die Flucht ergriffen haben!“, sagte Lieselotte ohne Vorwarnung.

Mr Sinclair taumelte einen Schritt zurück, als hätte sie ihm gerade mitgeteilt, dass er sein Vermögen, Auto und Freundin verloren habe.

„Bitte, Lilo, was soll der Quatsch!“, schimpfte Herr Schroll.

„Das ist kein Quatsch, wir haben das Klappern und Quietschen gehört!“, verteidigte sich Lieselotte. „Mr Sinclair wird dir bestätigen, dass alle Leute vor uns dieses Haus schnellstens wieder verlassen haben. Nicht wahr?“

Herr Schroll blickte den Makler gespannt an. Dieser fuhr sich nun mit doppelter Geschwindigkeit über die schmierigen Haare und stammelte: „Nun ja … also, das ist so … ich nehme an, die meisten Herrschaften waren sehr überreizt und haben von Salamander Castle erwartet, dass es eine Art Erholungsheim ist.“

Lilo reichte das. „Sie geben also zu, dass Sie gewusst haben, was sich hier tut, und dass Sie meinen Vater nicht gewarnt haben?“

Der Makler lief knallrot an und begann sich bereits die Haare zu raufen. „Äh … es hat mehrere vorzeitige Abreisen gegeben, aber ich habe den Grund nie verstanden!“, brachte er mühsam heraus.

„Wieso vermieten Sie das Haus eigentlich? Hat Ihnen Mr Jones etwa den Auftrag dazu gegeben?“, bohrte Lilo weiter. Ihre Eltern waren über das Verhör sprachlos.

„Äh … also … es ist so, das Haus gehört Jones Junior, dem Sohn von Jeremias Jones. Nachdem sein Vater ins Krankenhaus musste, bat er mich, es zu vermieten. Mr Jones hat das Haus für seinen Sohn gekauft, sich aber ein Wohnrecht auf Lebenszeit gesichert."

„Hat Mr Jones junior seinen Vater überhaupt schon einmal im Pflegeheim besucht?", wollte Lieselotte jetzt wissen.

Der Makler stammelte immer heftiger und wühlte verzweifelt in seinen Haaren. „Das Verhältnis zwischen Vater und Sohn ist sehr schlecht. Jones junior will seinen Vater nicht sehen, weil er ihm nicht verzeiht, dass er als Kind von ihm oft vernachlässigt wurde. Außerdem … nun ja … ihr wisst sicherlich, dass Mr Jones Drogen genommen hat und seine Krankheit eine Folge davon ist. Er scheint in diesem Haus Wahnvorstellungen bekommen zu haben und auf diese Weise ist der schlechte Ruf von Salamander Castle entstanden."

Das Superhirn gab sich damit nicht zufrieden: „Und die anderen Leute, die hier gewohnt haben, was ist mit denen? Haben die auch Drogen genommen und sich gegenseitig gebissen?"

Mr Sinclair geriet zunehmend in Bedrängnis. Er wirkte wie eine Ratte, die man in eine Ecke gedrängt hatte und die sich befreien wollte. „Also, wenn Sie das Haus nicht mehr wollen, dann kann ich Ihnen zufälligerweise ein anderes anbieten. Zum Glück hat Mr Hoffer zweiundzwanzig Traumhäuser an der Küste von Port Annabella erbaut. Ich berechne Ihnen die Tage nicht, die Sie hier gewohnt haben, allerdings sind die anderen Villen fast doppelt so teuer wie Salamander Castle."

Herr und Frau Schroll winkten ab. Das konnten sie sich nicht leisten. Außerdem war ihnen bisher nichts Ungewöhnliches aufgefallen.

Dominik war der Einzige, der den Namen gehört hatte. „Hoffer? Sagten Sie gerade Hoffer?"

Der Makler nickte. „Ja, ihm gehört fast die halbe Insel und er hat alle Villen erbaut, die zum Teil verkauft wurden und zum Teil als Ferienhäuser vermietet werden."

„Salamander Castle ist auch ein Hoffer-Haus?", erkundigte sich Axel. Bestätigendes Nicken von Mr Sinclair.

Die Banden-Mitglieder sahen einander an und wussten nicht, ob das ein wichtiger Hinweis oder eine eiskalte Spur war. Sie würden es herausfinden müssen.

Mr Sinclair blickte auf seine Uhr und verabschiedete sich hastig. Angeblich musste er zu einem Termin.

„Feiger Sack", brummte Lieselotte. Für sie gab es

keinen Zweifel, dass Mister Sinclair sich gestern Morgen aus der Ferne versichern wollte, dass die Mieter noch da waren. Auch war die angebliche Abwesenheit nur eine Ausrede, um eine allzu schnelle Abreise der Schrolls zu verhindern.

Der Chevi des Maklers rollte davon und Herr Schroll blickte die vier Junior-Detektive streng an. „Meine Herrschaften, ich verbringe hier meinen Urlaub und wünsche keine unnötigen Aufregungen!“, sagte er eindringlich. „Ich weiß, dass ihr jede Mücke für einen fliegenden Mini-Spion haltet, aber ihr irrt. Deshalb Schluss mit den Detektivspielen, verstanden?“

Die Knickerbocker nickten artig. Sie wussten, dass in diesen Situationen jeder Widerspruch und jede Verteidigungsrede zwecklos waren.

„Mir … mir ist noch immer so schlecht!“, jammerte Dominik. Er hatte keine Lust, zum Strand zu gehen und wollte sich lieber ins Bett legen. Frau Schroll versprach, ihm etwas zu trinken zu bringen.

Den Rest des Tages verbrachten die übrigen drei Knickerbocker wieder unter der Palme, im Meer und im Swimmingpool. Hunger verspürten sie in der brütenden Hitze nicht.

Erst am Abend meldeten sich ihre Magennerven und verlangten nach Nahrung. Dominik, der den ganzen Nachmittag geschlafen hatte, wollte nichts essen, setzte sich aber mit an den Tisch.

Besorgt blickte ihn Frau Schroll an. Sie legte ihm die Hand auf die Stirn und stellte fest, dass er Fieber hatte. „Sonnenstich!“, vermutete sie. Gleich nach dem Abendessen würde sie Dominik kalte Wadenwickel machen. Wichtig war, dass der Junge nun möglichst viel im dunklen Zimmer schlief und sich sein Körper von der allzu starken Sonnenbestrahlung erholen konnte.

Gierig stürzten sich die Knickerbocker auf die frischen Früchte, die Frau Schroll lecker aufgeschnitten hatte. Dominik nahm nur eine Schnitte Wassermelone und kaute lustlos darauf herum. Danach gab es gegrillten Fisch, den Axel, Lilo und Poppi genüsslich verzehrten, während sich Dominik bereits wieder zurückzog. Als Nachspeise hatte Lieselottes Mutter Zitroneneis vorbereitet, das einfach großartig schmeckte.

Müde von den Anstrengungen und der Hitze des Tages fielen die Junior-Detektive bereits um halb neun in die Betten.

Vier Stunden später waren sie jedoch wieder hellwach.

BLOODHEAD SCHLÄGT ZU

Lilo wusste nicht, was sie geweckt hatte. War es ein Geräusch gewesen? Oder ein Licht? Oder eine Berührung?

Sie lag auf dem Rücken und hatte den rechten Arm hinter dem Kopf abgewinkelt. Als sie die Augen aufschlug, glaubte sie noch immer zu träumen. Über sich erkannte sie das Schimmern und Glänzen einer Wasseroberfläche. Ihr war, als läge sie im Wasser und blickte nach oben.

Das Mädchen öffnete den Mund um zu schreien, spürte aber sofort Wasser eindringen. Es wollte sich zu Poppi rollen, die neben dem Bett auf einer Luftmatratze schlief, doch Lieselottes Arme und Beine schienen plötzlich mit Blei gefüllt zu sein. Erst beim vierten Versuch schaffte sie es, auf dem Bauch zu landen und einen Arm aus dem Bett fallen zu lassen. Sie berührte Poppi an der Schulter, die sofort ängstlich zu keuchen begann. Sie schien wach zu sein.

„Poppi!“, wollte Lilo sagen, aber ihre Zunge verweigerte den Dienst. Sie schien ein bewegungsloses, gefühlloses Ding zu sein, das ihr nur den Rachen verstopfte.

Die Tür fiel ins Schloss. Lilo glaubte Schritte zu hören. Sie nahm alle Kraft zusammen und stemmte sich in die Höhe. Poppi umklammerte ängstlich ihre Beine und stotterte etwas, was das Superhirn nicht verstehen konnte.

„Halt, bleiben Sie stehen! Wer sind Sie?“, hörte sie Dominiks Stimme im Hof rufen.

Mit Müh und Not erreichte das Oberhaupt der Bande die Tür und zog sie auf. Lieselotte taumelte mit Poppi am Bein auf den Treppenabsatz und klammerte sich am Türrahmen fest. Sie hatte Angst, wie Axel von der kleinen, geländerlosen Plattform in das Wasser des Pools zu stürzen.

Das Licht brannte im Innenhof und auch im Swimmingpool waren die Scheinwerfer eingeschaltet. Entsetzt stellte Lieselotte fest, dass ihre Augen keine klaren, deutlichen Bilder zeigten. Alles schien sich zu bewegen. Die Mauern, die Brücke, die Treppen, die Türen, alles wirkte flüssig und Lilo kam sich wie in einem Topf vor, in dem jemand mit einem Löffel kräftig herumrührte.

Sie erkannte ihre Eltern, die von Dominiks Schreien geweckt ebenfalls aus dem Zimmer gekommen waren, und die Jungen, die auf der anderen Seite des Hofes auf dem obersten Treppenabsatz standen. Das heißt, Axel hockte zu Dominiks Füßen und schwankte wie seekrank. Vor seinen Augen schien sich etwas Schauerliches abzuspielen, das er Dominik augenscheinlich gerne gesagt hätte, aber er brachte den Mund nicht auf. Seine Kiefer waren wie eingerostet.

Was Axel so erschreckte, waren die Statuen der Höllensalamander.

„Im Wasser … im Pool … seht nur!“, rief Dominik aufgeregt. Wieso konnte er reden? Er schien überhaupt hellwach und bei völlig klarem Verstand zu sein.

Lieselotte beugte sich vorsichtig nach vorn und sah silbrige Pfeile, die mit großer Geschwindigkeit durch das Wasser sausten. Immer wieder änderten sie ruckartig die Richtung, wobei ihre Haut Blitze auszusenden schien.

Was waren das für Wesen? Woher kamen sie?

Draußen auf dem Meer donnerte es. Gleich darauf zuckte ein Blitz und es folgte ein weiterer Donnerschlag, der noch lauter dröhnte als der erste.

Dicke Regentropfen prasselten vom Himmel herab und durchnässten die Urlauber.

„Habt ihr ihn gesehen? Oder besser gesagt, *sie* gesehen?“, fragte Dominik die anderen. Auf diese Frage erntete er nur stumme, verwirrte Blicke und mühsames Lallen. Er verstand nicht, was mit seinen Freunden und Lieselottes Eltern los war. Warum waren sie so seltsam?

Dominik nahm allen Mut zusammen und lief die Treppe hinunter. Die anderen versuchten ihm zu folgen und stützten sich dabei ängstlich an den Hauswänden ab.

Der Regen wurde heftiger, die Blitze greller und die Donnerschläge immer lauter. Da sie auch immer schneller auf die Blitze folgten, war klar, dass das Unwetter näher kam.

Beim Essplatz klirrte es heftig. Es musste eine Menge Geschirr zu Boden gefallen sein. Dominik hörte ein Fluchen und Schimpfen.

„Halt, stehen bleiben. Halt!“, rief er.

Das Fluchen wurde lauter und gleich darauf erloschen alle Lichter. Es war mit einem Schlag stockfinster.

„Da ist jemand im Haus ... er läuft herum!“,

brüllte Dominik entsetzt. Er hatte schreckliche Angst und fühlte sich durch den Sonnenstich völlig geschwächt und wehrlos. Ihm war klar, dass von den anderen keine Unterstützung zu erwarten war. Sie wankten wie Zombies herum und keiner schien ihn richtig zu hören oder zu verstehen. Dominik kam der Gedanke, dass sie alle unter Drogen stehen mussten.

Ein mehrfacher Blitz zuckte und erhellte den Hof für einen Augenblick. Der Donner war so laut, dass er die Mauern zum Beben brachte.

„Das Tor … das Tor zum Meer!“, schrie der Knickerbocker in Panik. Alle Köpfe drehten sich wie ferngesteuert in die Richtung, um beim nächsten Blitz eine schaurige Entdeckung zu machen.

Vor der Küste schaukelte das Piratenschiff, das Axel schon in der ersten Nacht gesehen hatte. Diesmal aber waren die Segel völlig zerfetzt und zerschlissen und flatterten geisterhaft im Sturm. Kanonen wurden an Deck abgefeuert, der rote Schein der Explosionen war deutlich zu erkennen.

Zwischen Salamander Castle und dem Strand stand ein Pirat in zerlumpten braunen Klamotten. Unter einem schwarzen Dreispitz quoll eine rote Haarmähne hervor, in der es blitzte und zischte. Der Seeräuber hatte ein Tuch vor Mund und Nase gebunden und hielt in der Linken einen Säbel und in der Rechten ein Entermesser. Beide Waffen waren lebensgefährlich, wenn man ihnen zu nahe kam.

Bloodhead, das ist sie … Bloodhead! Der Gedanke kroch wie eine Schnecke durch Lilos Kopf, wo sonst die Ideen und Gedanken wie Schnellzüge rasten.

Die Piratin schrie und stieß mit den Waffen Löcher in die Luft. Plötzlich aber rannte sie los, auf das Haus zu. Dominik, der in der Nähe des Tores stand, hob seine Taschenlampe in die Höhe und richtete den Strahl auf die Spukgestalt. Diese ließ sich dadurch nicht abhalten, sondern lief direkt auf ihn zu. Sie streckte Messer und Säbel zur Seite, um den Jungen wie mit einer Gabel einzufangen oder sogar aufzuspießen. Dominik stand zuerst völlig starr da, doch als Bloodhead fast schon in Reichweite war, duckte er sich plötzlich. Die Piratin wollte nach ihm greifen, bekam aber nur Luft zu fassen. Sie stolperte nach vorn und ruderte hilflos mit den Armen. Der Säbel klatschte ins Wasser des Pools, und für einen Moment sah es aus, als würde Bloodhead hinterherstürzen.

Dann aber konnte sie bremsen und das Gleichgewicht wiederfinden. Dominik leuchtete sie aber-

mals an. Geblendet hielt sie den Arm zum Schutz vor die Augen. So schnell wie sie gekommen war, ergriff sie nun die Flucht und verschwand im tobenden Unwetter.

Dominik drehte sich zum Pool und leuchtete ins Wasser. Sofort schoss etwas Silbriges aus der Tiefe empor. Ein mächtiges Maul schien ihn anzugrinsen. Kiefer wurden aufgerissen und schnappten nach der Lampe. Der Junge taumelte nach hinten und hörte das Aufklatschen des Tieres, als es ins Wasser zurückfiel.

Dominik glitt auf dem regennassen Boden aus und schlug gegen etwas Hartes. Wahrscheinlich handelte es sich um die Begrenzung der kleinen Brücke, die über den Pool führte.

Ein stechender Schmerz bohrte sich durch seinen ohnehin schon sehr mitgenommenen Kopf. Seine Beine schienen ihn nicht mehr tragen zu können, während der Regen unablässig auf ihn niederprasselte. Dominik kämpfte sich bis unter eine der Treppen vor, wo er wenigstens vor dem Unwetter Schutz fand, und lehnte sich gegen die Mauer. Wie betäubt sank er in sich zusammen und ließ sich vom stillen Schwarz der Bewusstlosigkeit verschlucken.

BARRAKUDA! VORSICHT!

„Regenzeit … im Sommer ist in der Karibik Regenzeit. Da fällt ein großer Teil des Regens, den die Natur braucht!“ Dieser Gedanke schien in Dominiks Kopf Kreise zu ziehen. Immer und immer wieder.

Der Junge öffnete die Augen und richtete sich auf. Seine Arme schmerzten, sein Rücken war steif.

Die Sonne schien bereits in den Innenhof und die Luft war erfüllt von den fröhlichen Feriengeräuschen des Meeres und der Möwen.

Die Erinnerung an die schreckliche Nacht tauchte vor Dominiks Augen wieder auf. Schnell waren die Schmerzen vergessen. Er kämpfte sich mühsam in die Höhe und humpelte los, um nach seinen Freunden zu sehen.

Alle Zimmertüren standen offen. Axel lag zusammengekrümmt wie ein Baby auf dem Teppich und schlief tief. Auch die Mädchen befanden sich nicht im Bett und auf der Luftmatratze, sondern auf dem Teppich gleich hinter der Tür.

Sogar Herr und Frau Schroll sah er aneinander gekuschelt auf dem Boden liegen und tief und fest schlafen.

Dominik versuchte seine Knickerbocker-Freunde und Lilos Eltern zu wecken, hatte aber kein Glück. Sie waren wie betäubt. Herr Schroll schlug sogar unwillig nach ihm, als er ihn an der Schulter rüttelte.

Als der Junge die Treppe vom Schlafzimmer der Eltern hinunterging, fiel sein Blick auf den Swimmingpool. Das Wasser war nicht mehr klar, sondern trüb. Es sah aus, als hätte jemand ein paar Löffel Sand darin aufgerührt. Aber woher war der Sand gekommen?

Prüfend betrachtete Dominik eine Salamander-Statue nach der anderen. Steif und starr wie eh und je standen sie da. Axel hatte in der Nacht mehrere Male auf die Figuren gezeigt und dabei mit den Händen bedeutet, dass sie sich bewegten.

„Wie spät ist es eigentlich?“, fragte sich Dominik. Seine Gehirnzellen arbeiteten an diesem Tag besonders langsam, und so dauerte es fast eine Minute, bis er feststellte, dass er eine Uhr am Handgelenk trug. Die Zeiger standen auf elf.

„Ein Arzt … ich muss einen Arzt holen. Mit den anderen stimmt etwas nicht!“, dachte Dominik. Da es aber im Salamander Castle kein Telefon gab und die Handys an dieser Stelle der Insel augenscheinlich nicht funktionierten, wollte er mit dem Fahrrad zu Lucinda in den Supermarkt fahren und sie um Hilfe bitten.

Dominik hatte sich bei seinem Sturz zum Glück nicht schlimm verletzt, aber viele blaue Flecken geholt. Außerdem war sein linker Fuß verstaucht und angeschwollen. Das Gehen bereitete ihm große Schwierigkeiten. Der Junge stieß das Haustor auf, das zur Zufahrtsstraße führte, und spürte dabei einen leichten Widerstand, als würde jemand dagegen halten.

„Aaaa!“ Erschrocken schrie er auf und wich zurück.

Jemand stand genau vor dem Tor und schien gelauscht zu haben. Es war ein drahtiger alter Mann mit schneeweißem Haar, einem langen weißen Bart, der in der Mitte geteilt war, einem gestreiften fleckigen T-Shirt und einer ausgefransten schmutzig weißen Hose, die unterhalb des Knies abgeschnitten worden war.

Um den Hals hatte der Unbekannte ein rotes Tuch geschlungen und in seinem Mundwinkel hing der erloschene Rest einer Zigarette.

„Barrakuda!“, sagte er mit hoher, heiserer Stimme.

„W…w…was?“, stotterte Dominik.

„Barrakuda … Vorsicht! Kommt rein … beißt … tot … Vorsicht!“ Danach brach der Mann in irres Gekicher aus und lief mit kleinen, sehr schnellen Schritten davon. Einmal noch drehte er sich um und wiederholte seine Warnung. „Barrakuda … Vorsicht! Tot!“

Dominik war so erschrocken, dass er zuerst überhaupt nichts unternahm. Dann aber knallte er das Tor zu und legte innen einen schweren Riegel vor. Schnaufend lehnte er sich gegen das Holz.

„Barrakuda? Barrakuda?“ Diesen Namen hatte er doch schon einmal gehört. War das nicht ein Fisch?

Schnell holte er eines der Bücher über die Karibik und schlug es auf. Bald wurde er fündig.

Barrakuda/Pfeilhecht:

◆ Eigentlich ein Räuber der Hochsee, ist aber manchmal auch im Schutz von Riffen, Felsen und Bojen in Küstennähe zu finden.

◆ Angriffslustiger und ungeheuer gefräßiger Meeresfisch, der nicht nur sehr neugierig, sondern vor allem völlig furchtlos ist. Barrakudas greifen nur einmal an und hinterlassen eine tiefe Wunde, deren Ränder nicht ausgezackt sind. Die Bissstelle wirkt wie zwei parallele Messerschnitte, während ein Haibiss U-förmig ist.

◆ Der Barrakuda sieht wie ein großer Hecht aus, hat lange, vorgestreckte Kiefer, von denen der untere den oberen überragt, und dünne, kegelförmige, doppelschneidige Zähne. Er wird bis zu 1 1/2 m lang und mehr als einen Zentner schwer.

◆ Kleinere Beutefische schlucken die Barrakudas ganz hinunter, größere Opfer schneiden sie mit ihrem scharfen Gebiss in Stücke, von denen sie dann eines nach dem anderen verschlingen.

◆ Angeblich sollen Barrakudas die unangenehme Angewohnheit haben, einen Fischschwarm, an dem sie sich bereits voll gefressen haben, in flache Gewässer zu treiben und dort wie eine Schafherde zu hüten, bis sich der Appetit auf ein weiteres Mahl einstellt.

◆ In manchen Gegenden sind Barrakudas gefürchteter als Haie. Barrakudas spüren ihre Beute mit den Augen auf. Sie stürzen sich mit Vorliebe auf blitzende Gegenstände – wie Chromuhren oder

Schmuckarmbänder. Die Übergriffe auf Menschen finden vor allem im trüben Wasser statt.

◆ Nähert sich ein Barrakuda, so wirkt er wie ein silbriger Blitz, der durch das Wasser pflügt. Er ist so schlank, dass man ihn von vorne kaum wahrnimmt.

Dominik ließ das Buch sinken. Er hatte genug gelesen. Vor allem die Beschreibung des Barrakudas als silbriger Blitz hatte ihn entsetzt. Es bestand kein Zweifel. In der vergangenen Nacht waren Barrakudas im Pool gewesen. Das Wasser des Schwimmbeckens war salzhaltig und kam bestimmt aus dem Meer. Barrakudas konnten also problemlos darin schwimmen.

Und waren bei Jeremias Jones nicht auch Messerschnitte entdeckt worden? Waren auch damals in seiner Schreckensnacht Barrakudas im Becken gewesen, denen er gerade noch schwer verletzt entkommen konnte?

Aber wie waren sie in das Becken gelangt? Befand sich noch einer darin? Und wer war der Mann, der ihn gerade gewarnt hatte?

Ein Stöhnen machte Dominik darauf aufmerksam, dass die Mädchen erwacht waren. Das heißt, sie hatten ein klein wenig die Besinnung wiedergefunden. Schlaftrunken und benommen wie nach einer Vollnarkose wankten sie die Treppe hinunter und ließen sich in die Korbstühle im Hof fallen.

„Was … was ist nur mit mir? Ich habe Kopfschmerzen, als hätte mir jemand mit der Keule auf die Birne geschlagen“, stieß Lieselotte hervor.

Nach und nach erwachten auch die anderen und Dominik kümmerte sich fürsorglich darum, dass keiner in das Schwimmbecken fiel oder unglücklich stürzte. Er verstaute seine Freunde und Herrn und Frau Schroll auf allen Sitzgelegenheiten im Hof und lief dann in die Kochnische.

Plötzlich fiel ihm etwas auf. Wieso war er so munter und nicht betäubt? Hatte er nicht gestern einen Sonnenstich abbekommen? Eigentlich war nur er krank gewesen, aber in der Nacht schien sich der Spieß umgedreht zu haben.

„Oh nein!“, stöhnte Dominik, als er das zerbrochene Geschirr auf dem Boden sah. Bloodhead hatte sich in der Kochnische zu schaffen gemacht und dabei offensichtlich alle Teller, Tassen und Schalen zerbrochen. Die Besteckschubladen waren ebenfalls aus dem Schrank gerissen und ausgeleert worden. „Wozu soll denn das gut sein?“, fragte er sich, während er alle Teile, die noch heil waren, aus dem Scherbenberg heraussuchte.

Er stellte Wasser für Tee und Kaffee auf den Herd und während er darauf wartete, dass es zu kochen begann, sortierte er die Messer, Gabeln und Löffel zurück in die Schublade. Zu seiner großen Freude entdeckte er vier ganze Teller, fünf Tassen und zwei Schalen. Für das Frühstück würde es reichen, und dann musste eben neues Geschirr besorgt werden.

Als Dominik den Tisch deckte, bemerkte er etwas äußerst Seltsames.

DIE DICKE GABEL

Das Besteck in Salamander Castle konnte man nicht gerade als ausgesprochen fein und zierlich bezeichnen. Messer, Gabeln und Löffel hatten wuchtige Griffe aus Holz und ziemlich stabile, fast schon klobige Schneiden und Zinken.

Eine Gabel aber war anders. Ihr Griff war aus Metall und die Zinken erschienen dem Jungen noch dicker. Dominik war ein großartiger Beobachter, auch wenn es um ganz alltägliche Dinge ging. Er wusste, dass er diese Gabel noch nie zuvor bei einer Mahlzeit gesehen hatte. Frau Schroll hatte sich mehrere Male beschwert, dass es nur für sechs Personen Besteck und Geschirr im Haus gab und daher nach jeder Mahlzeit abgewaschen werden musste. Das bedeutete: Es war immer alles Besteck aufgelegt

worden und diese Gabel war bestimmt nie dabei gewesen. Das hätte Dominik beschwören können.

Er betrachtete sie von allen Seiten und drehte sie zwischen den Fingern. Wieso waren die Zinken so dick und … stumpf? … Ja, er befühlte sie mit der Fingerspitze und stellte fest, dass man damit bestimmt in nichts gut hineinstechen konnte.

Egal, er würde sich die Gabel später genauer ansehen. Jetzt mussten alle mit Frühstück versorgt werden.

Nachdem die Bande und Lilos Eltern gegessen und viel getrunken hatten, begannen sie sich langsam zu erholen.

Herr Schroll sprach es nicht aus, aber er fühlte sich, als wäre er in der Nacht zuvor stockbetrunken gewesen. Dabei hatte er keinen Tropfen Alkohol auch nur angesehen.

„Die Hitze … wir müssen uns viel mehr davor schützen!“, sagte Frau Schroll. „Wir hatten alle eine Art Sonnenstich wie Dominik. Ab heute tragt ihre alle Kappen, cremt euch gut mit Sonnenöl ein und geht unter keinen Umständen in die glühende Mittagssonne!“

Die vier Freunde nickten gehorsam. Axel, Lilo und Poppi war noch immer sehr übel und sie verspürten nicht die geringste Lust auf ein Sonnenbad.

Außerdem steckte ihnen der Schreck, den sie in der Nacht erlebt hatten, in allen Knochen.

Hatten sie Käpten Bloodhead tatsächlich gesehen? Oder war das nur ein Alptraum gewesen?

Dominik versuchte, sowohl mit seinen Freunden, als auch mit Herrn und Frau Schroll zu reden. Schließlich schien er in der Nacht der Einzige gewesen zu sein, der nicht benommen und dadurch handlungsfähig gewesen war. Doch niemand hörte ihm zu oder nahm ihn ernst, was Dominik besonders ärgerte.

Es war bereits Nachmittag, als sich die Bewohner des Salamander Castles wieder in die Zimmer zurückzogen, um ein wenig zu schlafen. Dominik, der nicht müde war, blieb im Hof.

Er wollte gerne in das Schwimmbecken, um den Säbel des Piraten herauszuholen, doch er fürchtete, dass sich noch Barrakudas im Wasser versteckt halten könnten. Er verspürte wenig Lust, Bekanntschaft mit ihren scharfen Zähnen zu machen.

Schließlich nahm er sich die Gabel noch einmal vor. Er hatte eine kleine Lupe dabei, unter der er das Esswerkzeug von allen Seiten betrachtete.

„Das … das ist höchst erstaunlich!“, sagte er plötzlich leise. Er holte eine Büroklammer aus seinem Notizbuch und bog sie auf. Mit dem Draht-

stück versuchte er, in die Spitze einer Zinke zu bohren, und es glückte. Eine weißliche Substanz klebte nun auf dem Büroklammerende.

Dominik inspizierte den Griff und dabei kam ihm der Verdacht, dass dieser nicht aus einem Stück gegossen war. Eine dünne, dunkle Linie unterhalb des oberen, etwas abgesetzten und mit Gravurarbeit verzierten Endes brachte ihn auf die Idee. Er packte das untere Ende des Gabelgriffes und drehte daran.

Sein Herz blieb fast stehen. Wie eine Kappe ließ sich dieser Teil abschrauben. Der Griff war innen hohl, und als Dominik ihn umdrehte, rieselte ein weißes Pulver heraus.

Der Junior-Detektiv verstaute alles in einer Plastiktüte, die er auf dem Esstisch liegen ließ, und lief zu Lieselotte. Er weckte sie und wurde dafür von dem verschlafenen Mädchen beschimpft. „He, erinnere dich! Habt ihr gestern Abend mit Besteck gegessen, das Metallgriffe hatte?“, wollte er wissen.

„Spinnst du? Deshalb weckst du mich?“, knurrte das Superhirn. Da Dominik nicht locker ließ und die Frage immer wieder stellte, dachte Lilo dann aber nach und antwortete: „Ich glaube ja … wieso? Mit dem Zeug essen wir doch immer.“

Nein, das Besteck war erst gestern aufgetaucht.

Das stand für Dominik fest. Er war davon überzeugt, dass es heimlich in die Besteckschublade gelegt worden war. Wer auch immer dieser Käpten Bloodhead war, er hatte es in der Nacht wieder ausgetauscht und dabei eine Gabel vergessen.

Ein Teil passte zum anderen: Er hatte gestern Abend auf Grund des Sonnenstiches nichts gegessen. Jedenfalls nichts, wozu er Besteck benötigt hätte. Deshalb war er auch nicht betäubt worden, denn das weiße Zeug war ohne Zweifel ... Gift! Oder eine Droge, ein Halluzinogen. Darunter verstand man ein Rauschgift, das Alpträume und Wahnvorstellungen erzeugte. Es hatte aus dem Spuk, der in der Gewitternacht im Salamander-Haus stattgefunden hatte, für die drei übrigen Knickerbocker und die Schrolls den totalen Horror werden lassen.

Es musste auf der Stelle ein Arzt her. Und die Polizei.

Dominik nahm ein Fahrrad und fuhr los. Die Hitze machte ihm dabei schon nach einer kurzen Strecke schwer zu schaffen.

Auf halbem Weg kam ihm der dunkelblaue Chevrolet von Mr Sinclair entgegen. Der Makler hielt und ließ das Fenster elektrisch hinunterfahren. In Stichworten erzählte Dominik, was geschehen war.

Mr Sinclair verstaute sein Fahrrad im übergroßen Kofferraum und Dominik nahm auf dem Rücksitz Platz. Es dauerte ein wenig, bis sie den Arzt verständigt und die Polizei alarmiert hatten. Ungefähr eineinhalb Stunden nach seiner Abfahrt kehrten sie zum Salamander Castle zurück.

Gleich als sie durch das große Tor traten, spürte der Knickerbocker, dass etwas verändert war. Er stürzte zum Pool und schluckte. Das Wasser war wieder glasklar und rein und man konnte bis zum Grund sehen, wo die Höllensalamander-Figuren standen und nach oben glotzten. Vom Piratensäbel keine Spur, und auch die dicke Gabel war verschwunden.

Bei den Schrolls und seinen Freunden stellte der Arzt eine leichte Lebensmittelvergiftung fest, die von verdorbenem Fisch kommen konnte. Außerdem warnte auch er vor zu viel Sonne.

John Sinclair legte Dominik tröstend den Arm um die Schulter und fuhr sich mit der anderen Hand siebenmal durch das schmierige Haar. „Nicht so viel fernsehen und keine Horror-Romane lesen“, riet er ihm väterlich. Der Junior-Detektiv wäre vor Scham und Verlegenheit am liebsten im Boden versunken.

„Nein, ich habe Recht. Es war alles genauso, wie

ich es gesagt habe. Ich drehe nicht durch und ich ticke richtig!", sagte er sich nach der Abfahrt des Maklers, der Polizei und des Arztes immer wieder vor. Er hoffte, dass seine Freunde am nächsten Tag wieder ansprechbar und gesund sein würden. Dann konnten sie gemeinsam weitere Nachforschungen anstellen. Im Haus der Höllensalamander ging es nicht mit rechten Dingen zu. Da gab es keinen Zweifell. Außerdem wusste er jetzt, dass irgendjemand auf der Insel große Angst haben musste, dass das Geheimnis des Hauses entdeckt werden könnte.

„Diese Angst besteht zurecht, großer Unbekannter!", sagte Dominik in Richtung der untergehenden Sonne. Es klang theatralisch und übertrieben, aber Dominik machte sich auf diese Weise Mut. „Wir Knickerbocker lassen nämlich niemals locker!"

DAS MUSCHELHAUS

In der Nacht ging wieder ein heftiger Regenguss über Port Annabella nieder, der die Bäume und Blumen am nächsten Tag noch frischer und saftiger erscheinen ließ.

Ein neuer Morgen brach an, und die Betäubung und Mattigkeit wurde wie eine Käseglocke von den Menschen im Haus der Höllensalamander weggenommen.

Am Strand, unter ihrer Lieblingspalme, hielten die vier Freunde eine lange und ausführliche Knickerbocker-Geheimbesprechung ab. Sie mussten alle Gedanken und Informationen auf denselben Stand bringen und Traum und Wirklichkeit voneinander trennen und unterscheiden.

„Wer auch immer uns aus dem Haus rausbekommen will, muss schön langsam richtig sauer sein, weil wir noch immer bleiben!", stellte Lieselotte zufrieden fest. Trotzdem riet sie ihren Freunden zu größter Vorsicht bei allen Aktionen im Salamander Castle.

Für Axel gab es nur einen nächsten Schritt, der ihm logisch und möglich erschien: Sie mussten diesen Hoffer finden und mit ihm reden. Vielleicht gab es doch einen Grund, warum Mr Jones diesen Namen genannt hatte.

Am späteren Vormittag erschien John Sinclair wieder, um nach dem Rechten zu sehen. Er schien sehr erleichtert, dass alle wieder wohlauf und sichtlich zufrieden waren.

Lieselotte kam eine Idee. „Mr Sinclair, meine Freunde und ich würden so gerne einmal in Ihrem Auto mitfahren. Dominik hat uns erzählt, wie toll die Fahrt gestern war."

Dominik hob erstaunt seine linke Augenbraue. Er hasste Autofahren und in so einer Angeberkutsche ganz besonders.

Was quasselte Lilo da?

Da ihm das Superhirn einen sanften Stoß in die Rippen versetzte, verstand er, dass Lieselotte etwas vorhatte. Das Mädchen beobachtete mit großer Zufriedenheit, wie sehr es dem eingebildeten Mr Sinclair schmeichelte, dass er seines Wagens wegen bewundert wurde. Er war sofort bereit, die Bande auf eine kleine Spritztour mitzunehmen.

Die vier bestiegen den weich gepolsterten und vollklimatisierten Chevrolet und ließen sich in die Sitze sinken. In diesem Auto schien man von der heißen Inselwelt völlig abgeschottet zu sein.

Fast lautlos glitt die Luxuslimousine über die teils holprigen Straßen. Der Makler langweilte die Bande mit unendlichen Vorträgen über die Vorzüge seines Autos und bemerkte gar nicht, dass ihm schon bald keiner mehr zuhörte. Axel, Lilo, Poppi und Dominik fanden es nett, eisgekühlte Cola aus der eingebauten Minibar zu bekommen, wussten aber, dass sie ein Ziel erreichen mussten. Mr Sinclair sollte sie, ohne dass er dabei Verdacht schöpfte, zu diesem Hoffer bringen.

„Sagen Sie, ist dieser Mr Hoffer vielleicht Architekt? Ich meine, es ist sehr interessant, dass er ein Haus im Stil eines kleinen Forts errichtet hat!“, sagte Dominik altklug.

„Mr Hoffer ist vor allem reich. Für alle anderen Dinge nimmt er sich Experten, ganz egal, was sie kosten. Ihr solltet einmal sein eigenes Haus sehen. Da bleibt euch glatt die Spucke weg!“, meinte der Makler.

Ein besseres Stichwort konnte er gar nicht liefern. „Befindet sich dieses auf der Insel?“, wollte Lilo sofort wissen.

„Nein!“

Diese Antwort traf die Junior-Detektive wie ein nasses, eiskaltes Handtuch. Sie hatten sich zu früh gefreut.

„Nein, das Haus liegt auf einer kleinen, vorgelagerten Insel, die man nur mit einer einzigen Seilbahn erreichen kann“, setzte der Makler seinen Satz fort.

Das klang schon viel besser. Die Knickerbocker zeigten sich begeistert und baten ihn freundlich, sie doch dorthin zu bringen. Mr Sinclair war einverstanden.

Unterwegs zeigte er ihnen noch die anderen Häuser, die Mr Hoffer an der Ostküste von Port Annabella errichtet hatte. Das Salamander Castle war das letzte in der langen Reihe von ungewöhnlichen Bauwerken.

„Außerdem hat Mr Hoffer an der Westküste noch mehrere große Hotelanlagen, dazu einen Tauchklub, einen Jachthafen und einen kleinen Handelshafen, eine Anlegestelle für Kreuzfahrtschiffe, einen Zollfrei-Markt und drei riesige Golfanlagen bauen lassen“, berichtete Mr Sinclair. „Er hat der Insel damit Wohlstand gebracht. Die Bewohner, die vorher alle nur vom Zuckerrohranbau gelebt haben, sind nicht mehr arm und haben aus den Möglichkeiten auch das Beste herausgeholt. Port Annabella gilt als eine der schönsten und luxuriösesten Inseln der Karibik. Hier machen nur wirklich reiche Leute Ferien."

Lilo wusste, dass ihre Eltern absolut nicht reich waren und sie das Salamander Castle nur auf Grund des günstigen Angebots hatten mieten können.

Mr Sinclair hielt an und deutete nach links.

„Wow!", staunten die Knickerbocker.

Sie befanden sich auf einer Steilküste und blickten hinunter auf das Meer, das im Sonnenlicht funkelte und blitzte.

Ungefähr zweihundert Meter entfernt lag eine kleine Insel, auf der üppiges Grün wucherte und farbenprächtige Blumen und Pflanzen blühten. Inmitten des Gartens, der sich bis zum Rand der Mini-Insel erstreckte, lag eine gigantische Muschel, die sich zum Meer hin zu öffnen schien.

„Das ist das Haus von Mr Hoffer!", erklärte der Makler. „Es besteht aus zwei riesigen geöffneten Muschelschalen, die von vierzig Bildhauern aus dem Fels der Insel geschlagen wurden. Im Inneren der Muschel liegen die Wohn- und Schlafräume.

Die Vorderseite, die wir von hier aus nicht sehen können, besteht nur aus Glas. Das Herzstück des Gebäudes bildet ein schneeweißer Marmorbrunnen in der Form einer Perle. Während der Rest der Glasfront verspiegelt ist, kann man die Riesenperle vom Meer aus sehen. Vorbeifahrende Schiffe bekommen also den Eindruck, als blickten sie auf eine Monstermuschel, in deren Innerem sich die größte Perle der Welt befindet."

„Dieses Haus würde ich für mein Leben gerne von innen sehen!", meinte Dominik. Als Junior-Schauspieler konnte er diesen Wunsch so überzeugend ausdrücken, dass Mr Sinclair klar wurde, was er zu tun hatte.

„Nun ja, Mr Hoffer schätzt Besucher nicht besonders …", meinte er.

Als er Dominiks enttäuschtes Gesicht sah, meinte er: „Aber wir können zumindest klingeln und fragen."

Er fuhr ein Stück weiter und hielt vor einem kleinen, bunten Holzhäuschen. Da die Seile der Verbindungsseilbahn hineinführten, musste es sich um die „Bergstation" handeln. Die Bande stieg mit Mr Sinclair aus und beobachtete, wie der Mann zu einer Vorrichtung trat, die in eine Wand eingelassen war. Sie bestand aus einer Videokamera,

einem Klingelknopf, einem Lautsprecher und einem Schlitz für Briefe.

Nachdem der Makler geläutet hatte, verging fast eine Minute, bis sich eine schnarrende Stimme über die Gegensprechanlage meldete. Obwohl er sehr schnell redete, schnappten die Junior-Detektive auf, dass Mr Sinclair jemandem erklärte, wer sie waren und vor allem, wo sie wohnten. Schließlich drehte er sich zu den vieren um und verkündete mit stolzem Grinsen: „Ihr dürft kommen."

Es piepte in seinem Wagen und er lief zurück und holte ein Handy heraus. Nach dem Gespräch sagte er: „Es gibt Probleme in einem der Häuser. Ich muss hin, aber ich hole euch in einer Stunde wieder von hier ab."

Ein Summen ertönte und die Tür des Seilbahnhäuschens sprang auf. Eine weiße Gondel stand bereit. Wie von Geisterhand glitt eine Tür zur Seite und gab den Einstieg frei.

In der Gondel befanden sich keine Sitzmöglichkeiten, sodass die Bande stehen musste. Die Schiebetür schloss sich automatisch und die Fahrt begann. Die Gondel schaukelte ein bisschen, als sie aus der Station hinausfuhr. Der Blick, der sich den Junior-Detektiven durch die Panoramafenster bot, war faszinierend.

Nach zwei Minuten erreichten sie die gegenüberliegende Station der Seilbahn, wo sie bereits erwartet wurden.

DER DIKTATOR

Die Station auf der „Muschelinsel" lag zwischen hohen Palmen versteckt und sah wie eine riesige Meeresschnecke aus.

Dort wo die Gondel hielt, stand ein ungefähr 30-jähriger Mann in einem kakifarbenen Anzug mit kurzen Hosen. Sein Gesicht wirkte verschlossen und seine Haltung verriet, dass er überaus korrekt und steif war. Ein dünner Schnurrbart spross über seiner Oberlippe. Er war wie mit dem Lineal zurechtgestutzt, und es gab kein einziges Barthaar, das zu lang oder zu kurz war.

Auf dem Kopf trug der Mann einen Tropenhelm, und in der linken Hand hielt er ein Ding, das wie die Mischung aus einem Funkgerät und einem Mini-Computer aussah. Er drückte einige Tasten, worauf sich die Tür der Gondel zur Seite schob und die Knickerbocker aussteigen konnten.

„Mein Name ist Al und ich darf Sie im Namen von Mr und Mrs Hoffer auf Seashell-Island willkommen heißen!“, sagte er auf Deutsch mit einer steifen Verbeugung.

„Seashell-Island? Das heißt übersetzt Muschelinsel!“, murmelte Axel.

„He, wieso wissen Sie eigentlich, dass wir Deutsch sprechen?“, fragte Poppi völlig überrascht.

Die Erklärung kam wie aus der Pistole geschossen und war ganz einfach: „Mr Sinclair hat mir über die Gegensprechanlage mitgeteilt, dass Sie aus Österreich kommen, und dort ist Deutsch die Landessprache. Nicht wahr?“

Die Junior-Detektive nickten.

„Ich bin der persönliche Assistent und Sekretär von Mr Hoffer und spreche aus diesem Grund sieben Sprachen. Wenn Sie nun bitte weiterkommen, ich werde Ihnen einige Räume dieses Hauses zeigen.“

Lieselotte schluckte. Sie stieß Axel an und flüsterte so leise, dass nur er die Worte hören konnte: „Er spricht Deutsch. Frau Lamper hat mit jemandem geredet, der Deutsch kann. Vielleicht ist er das!“

Axels spürte die Aufregung durch seinen Körper strömen. Lilos Verdacht klang sehr logisch.

Der Assistent von Mister Hoffer führte sie durch den prachtvollen Garten zum Muschelhaus. Um es zu betreten, musste man einen Abgang nehmen, der in den Keller zu führen schien. Die Bande staunte, als sie am Ende der Treppe vor einem weit ausladenden Tor standen, das golden glänzte. Wieder drückte Al einige Tasten, worauf sich das Tor öffnete und den Blick auf eine riesige Halle freigab. Der Boden war mit spiegelnden blauen Fliesen belegt und der Raum schien mindestens zehn Meter hoch zu sein. Am Ende sahen die Knickerbocker die Glasfront, durch die sie auf das offene Meer hinausschauen konnten, und vor allem die Riesenperle aus Marmor.

Al führte sie weiter und zeigte ihnen die Besonderheit der Perle. Obwohl sie tonnenschwer sein musste, ruhte sie auf einem Polster aus Wasser und konnte schon durch den Druck eines Fingers bewegt werden. Sie drehte sich auf dem Wasser und schien federleicht zu sein. Die vier Freunde konnten sich von dem Kunstwerk gar nicht losreißen.

„Willkommen, ich freue mich über die jungen Gäste, die der Tag uns beschert hat!“, sagte eine weiche Stimme hinter ihnen. Die Knickerbocker drehten sich um und sahen eine schlanke, blonde Frau in einem wehenden, weißen Hosenanzug. Ihre Augen wirkten wässrig und unglaublich gütig und sanft. Sie hätte jede Meisterschaft der „blauesten Augen der Welt“ sofort gewonnen.

Al deutete mit beiden Händen auf die Dame und verkündete: „Mrs Hoffer!“

Die Frau streckte den vier Junior-Detektiven freundlich eine schlaffe Hand entgegen. Lilo, Axel und Poppi schüttelten sie, während Dominik ihr als vollendeter Gentleman einen Kuss auf den Handrücken hauchte.

„Was zum Teufel ist hier los?“, polterte eine Stimme über ihren. Die Knickerbocker blickten in die Höhe und erkannten einen Balkon, der an der Rückwand der Halle entlangführte. Auf ihm stand ein schlanker, fast schon dürrer Mann in kurzen, weißen Hosen und einem knallbunten Seidenhemd. Sein übergroßer Kopf war fast kahl geschoren, das Gesicht von tiefen Furchen durchzogen und der Mund schief.

Wieder streckte Al präsentierend die Hände aus und verkündete wie der Haushofmeister eines Königs: „Mr Hoffer!“

Der Hausherr hatte eine riesige Zigarre im Mund und zog kräftig daran. Er pustete Rauchwolken in die Luft und schien ein wenig ratlos, was er sagen sollte.

„Diese Kinder kommen aus Österreich und wohnen in Salamander Castle. Da ihnen ihre Muschelvilla überaus gut gefällt, hatten sie den Wunsch, das Gebäude auch von innen zu besichtigen. Ich bin davon ausgegangen, dass Sie das nicht stören wird, Mr Hoffer!“, erklärte der Sekretär, der mindestens so verdreht redete wie Dominik.

„Aus Österreich? Ihr sprecht also Deutsch!“, sagte Mr Hoffer, schon viel freundlicher. Auch seine Frau redete von nun an nicht mehr Englisch, sondern Deutsch.

„He, Manny, komm sofort her! Es ist jemand gekommen, mit dem du Deutsch reden kannst!“, schrie Mister Hoffer zur Seite. Eine Tür wurde geöffnet und ein junger Mann erschien auf dem Balkon. Was das Körpergewicht anbetraf, war er das genaue Gegenteil von Mr Hoffer. Er war massig und sein rotes, verschwitztes Gesicht wirkte überaus gelangweilt. Er warf den Knickerbockern einen mürrischen Blick zu, und erst als ihm Mr Hoffer eine Kopfnuss verpasste, brummte er etwas, das nach „Guten Tag“ klang.

„Unser Sohn Manny!“, stellte Mr Hoffer den jungen Mann vor. Er behandelte ihn wie einen Fünfjährigen, obwohl er mindestens dreißig sein musste. Poppi erinnerte der Bursche an ein Schwein, denn seine Nasenspitze war hochgebogen und die Nasenlöcher zeigten nach vorne.

„Wenn hier alle Deutsch reden, können wir den Verbündeten von Frau Lamper dadurch nicht so einfach erkennen!“, flüsterte Lieselotte enttäuscht.

„Was sagt ihr zu der Bude?“, wollte Mr Hoffer wissen. Die vier Freunde brachen in einen Begeisterungssturm aus, den der Mann sichtlich genoss.

„Finde es gut, wenn junge Leute sich für ungewöhnliche Architektur interessieren!“, knurrte er. Sehr von oben herab und gebieterisch sagte er zu Al: „Tun Sie was für Ihr Geld und führen Sie unsere Gäste herum. In fünf Minuten erwarte ich sie an der Bar zu einem Drink.“

Der Assistent verneigte sich artig. Der schroffe Ton schien ihm nichts auszumachen. Er zeigte der Bande das Wohnzimmer, das die Größe einer Turnhalle hatte, das Spielzimmer, in dem neben einem Billardtisch auch ein Flipper, mehrere leuchtende Spielautomaten und ein Roulettetisch standen, und das Fernsehzimmer, wo ein riesiger Fernseher ebenfalls in eine steinerne Muschel eingepasst war.

Danach ging es an die Bar, die sich auf einer verglasten Terrasse über dem Wohnzimmer befand.

Eine Klimaanlage sorgte trotz der stechenden Sonne für angenehme Temperaturen.

Mister Hoffer saß auf einem gepolsterten Stuhl, der an einen Thron erinnerte. Seine Frau stand malerisch hinter ihm und lächelte gütig. Dabei massierte sie ihrem Mann den Nacken.

Manny hatte auf einer Art Fußhocker Platz genommen, der sich unter seinem Gewicht zu biegen schien. Die großen Nasenlöcher zuckten ständig und es sah so aus, als würde der junge Mann ununterbrochen Ärger und Wut in sich hineinfressen und unterdrücken.

Al erkundigte sich wie ein Kellner nach den Wünschen seines Chefs und dessen Familie. Danach wandte er sich an die Knickerbocker und bot ihnen Fruchtcocktails an, denen sie begeistert zustimmten.

Diesmal verwendete er den Mini-Computer als Telefon. Al tippte eine Nummer ein und hielt das längliche Ding wie einen Hörer ans Ohr. Er bestellte die Getränke, die wenige Minuten später von einem Butler serviert wurden.

Es bestand kein Zweifel, dass Mister Hoffer eine Art Diktator war. Was er sagte, hatte zu geschehen. Seine Frau schien nichts dabei zu finden, doch Manny wehrte sich innerlich gegen die Herrschaft seines Vaters. Das war ihm deutlich anzusehen. Nach außen spielte er den gehorsamen Sohn.

Mister Hoffer stellte einige Fragen über das Alter der Knickerbocker und die Schulen, die sie besuchten.

„Wir haben gehört, dass Sie eine Zuckerrohr-Plantage besitzen!“, sagte Lieselotte. Natürlich war das geschwindelt, aber auf diese Weise wollte sie aus Mr Hoffer rauskitzeln, woher er sein Geld hatte, ohne danach zu fragen.

„Ihr habt euch verhört, und wer auch immer das behauptet, ist ein Quatschkopf!“, schnaubte der dürre Mann. Damit war das Thema für ihn ganz offensichtlich beendet.

„Lebst du das ganze Jahr hier?“, wandte sich Lilo an Manny.

Dieser wollte den Mund öffnen und antworten, aber sein Vater kam ihm zuvor. „Ja!“, sagte er kurz.

„Was tut sich so auf der Insel? Ich meine, was könnten wir noch alles unternehmen? Hast du ein paar Tipps für uns?“, bohrte Lieselotte weiter und starrte dabei Manny an. Sie wollte ihn zu einer Antwort zwingen und verhindern, dass sein Vater sich wieder einmischte.

Mit einem Mal herrschte in dem Raum peinliches Schweigen. Al blickte zu Boden, Mrs Hoffer hatte die Nackenmassage unterbrochen und Mr Hoffer knirschte laut mit den Zähnen.

Manny lief knallrot an und fuhr sich mit der flachen Hand über die Nasenspitze.

Mann-o-Meter, ich muss in ein Wespennest gestochen haben!, ging es Lilo durch den Kopf.

HOCHSPANNUNG LIEGT IN DER LUFT

„Al wird euch morgen gerne alle Freizeitaktivitäten zeigen, die Port Annabella zu bieten hat!“, sagte Mr Hoffer ungewohnt sanft und freundlich. Gleich darauf wechselte er das Thema und wollte wissen, wie den vieren Salamander Castle gefiel.

Zuerst lobten die Knickerbocker das Haus in den höchsten Tönen, dann aber begannen sie von den seltsamen Vorkommnissen zu erzählen, die sich ereignet hatten. Mr Hoffer hörte genau zu und schüttelte immer wieder den ungewöhnlich großen Kopf, der fast direkt auf den schmalen Schultern zu sitzen schien.

„Habe schon einmal gehört, dass dieser Pop-Heini sich beschwert hat, aber ich habe das Gequatsche nie für voll genommen!", bellte er. „Der Typ ist doch voll mit Drogen, bei Tag und Nacht. Kein Wunder, dass er überall Gespenster sieht."

Axel schilderte die erste Nacht. „Es war, als würde plötzlich ein Poltergeist toben. Mir ist der Spuk vorgekommen, als würde jemand einen riesigen Magnet unter dem Haus bewegen, mit dem alles in Bewegung gesetzt wird. Ich meine, jeder kennt den Versuch, bei dem man einen Magnet auf ein Stück Papier legt und ihn dann mit einem zweiten Magnet von unten bewegt. So war das …"

Mr Hoffer schüttelte den Kopf. „Kann ich nicht glauben. Liegt wahrscheinlich an der Klimaumstellung. Die verträgt nicht jeder. Hatte auch oft Probleme bei meinen Reisen. Ich bin früher rund um die Welt geflogen, oft ein paarmal im Monat. Deshalb spreche ich auch viele Sprachen und bestehe darauf, dass jeder in meiner Umgebung mindestens fünf Fremdsprachen beherrscht. Ist das Wichtigste, wenn man gute Geschäfte machen will. Die Leute wollen in ihrer Muttersprache reden."

Wieder hatte er das Thema gewechselt, und alle Versuche, es noch einmal auf den Spuk im Haus zurückzulenken, schlugen fehl.

Nach einer halben Stunde sah Mr Hoffer den Besuch als beendet an. Er stand auf und gab Al mit der

Hand ein Zeichen. „Los, Sie Rumsteher! Bringen Sie die Kinder zur Seilbahn." Grußlos verließ er den Raum. Seine Frau folgte ihm und warf den Knickerbocker-Freunden von der Tür schnell ein entschuldigendes Lächeln zu. Manny erhob sich ächzend und stapfte trotzig hinterher. Er wirkte wie ein Riesenbaby, dem nur die Riesen-Windelhose fehlte.

„Ich darf bitten!", sagte Al, den einfach nichts aus der Ruhe zu bringen schien. Er begleitete die Bande zur Seilbahnstation, gab einige höfliche Worte von sich und öffnete mit Hilfe des Mini-Computers die Gondel.

Bald schwebten die vier Freunde wieder über dem offenen Meer.

„Dieses Ding, das Al immer bei sich trägt, muss so eine Art Terminal sein, das per Funk mit dem Hauptcomputer verbunden ist, der im Haus alles steuert!", vermutete Dominik.

Axel, der sich mit Computern ganz gut auskannte, stimmte ihm zu.

„Und, was haltet ihr von dieser Familie?", wollte Lilo von den anderen wissen.

Poppi fand sofort das treffende Wort: „Da liegt Hochspannung in der Luft. Mir kommen die wie ein Pulverfass vor, das jede Minute hochgehen kann."

Lieselotte fand den Vergleich äußerst passend. „Vor allem mit diesem Manny stimmt etwas nicht. Habt ihr bemerkt, wie das Gespräch abgebrochen ist, als ich wissen wollte, was er auf der Insel macht."

„Überhaupt scheinen die Bewohner des Muschelhauses aus allem ein Geheimnis zu machen. Wieso verrät Mr Hoffer nicht, welchen Beruf er hat? Womit macht er Geschäfte?", fragte Dominik.

„Mit verbotenen Dingen!", vermutete Poppi.

Das Surren der Seilbahn wurde plötzlich unterbrochen und die Gondel hielt auf halbem Weg zwischen der kleinen Insel und Port Annabella an. Durch den Ruck, der dabei entstand, schaukelte die Kabine sachte hin und her. Über den Köpfen der Knickerbocker ächzte das Tragseil.

„Was ist jetzt los?", wunderte sich Axel.

„Stromausfall!", lautete Lieselottes Verdacht. „Bestimmt meldet der Hauscomputer den Vorfall sofort. Die Fahrt geht sicher gleich weiter."

Die Sonne glühte vom Himmel herab und heizte die Luft in der Gondel kräftig auf. Die vier Freunde begannen heftig zu schwitzen und bemerkten plötzlich, dass ihnen das Atmen immer schwerer und schwerer fiel.

„Luft, ich brauche frische Luft!", japste Poppi.

Lilo kam ein schrecklicher Verdacht. Sie tastete

die Rahmen der Fenster ab und befühlte die Dichtung der Tür. Alles schloss absolut luftdicht ab.

In der Decke sah sie ein Metallkästchen, das bis vorhin leise gesummt hatte. Das Superhirn erinnerte sich an den kalten Lufthauch, der von oben gekommen war, und kombinierte, dass sogar die Seilbahnkabine klimatisiert war. Durch den Stromausfall kam aber weder kühle noch frische Luft herein. Sie saßen in einem gläsernen Käfig, der so klein war, dass aller Sauerstoff bald verbraucht sein würde. Wenn nicht schnell etwas geschah, würden sie ersticken oder in der Hitze verschmachten.

Die Temperatur schien von Sekunde zu Sekunde zu steigen. Schweiß trat den Junior-Detektiven aus allen Poren und rann über ihre Köpfe, ihre Rücken, die Arme und die Beine.

„Langsam atmen und so sparsam wie möglich!“, sagte Lieselotte.

Axel brauste auf. „Du spinnst wohl. Ich … ich ersticke gleich. Ich brauche Luft!“

„Wir ersticken alle, wenn du dich nicht abregst!“, zischte Lieselotte. Sie versuchte, einen kühlen Kopf zu bewahren und einen Weg aus dem gläsernen Käfig zu finden. „Nothammer … es muss hier einen Nothammer geben, mit dem wir die Scheiben einschlagen können!“, fiel ihr ein. Die vier suchten jeden Zentimeter der Gondel ab, konnten aber keinen Nothammer entdecken. Das Einzige, was Axel aufstöberte, war ein Stück Seil aus Metall, ähnlich dem Tragseil der Bahn.

„Notausstieg!“, war Lilos nächster Gedanke, aber die Kabine besaß weder im Boden noch in der Decke einen. Nirgendwo war ein Griff zu sehen, mit dem eine Ausstiegsluke geöffnet werden konnte. Es gab auch keinen Notalarm und kein Telefon zur Station.

Poppi rang immer heftiger nach Luft. Sie griff sich an die Kehle und ihre Augen begannen aus dem Kopf zu quellen. „Lilo“, krächzte sie heiser, „mir ist schlecht, und schwindlig … ich …!“

Das Mädchen kippte zur Seite und wurde von seinen Freunden aufgefangen. Umfallen war in der engen Gondel kaum möglich.

Als Nächster begann Dominik zu würgen und zu keuchen.

„Verdammt, wieso hilft uns keiner? Wozu hat die Bude einen hypermodernen Computer eingebaut, wenn der nicht einmal meldet, dass die Seilbahn stehen geblieben ist?“, stieß Lieselotte hervor.

„Weil uns jemand zum Schweigen bringen will!“, lautete Axels schrecklicher Verdacht.

SAUERSTOFF

Wo blieb Mr Sinclair? Er würde doch bestimmt bemerken, dass die Seilbahn stehen geblieben war, und Hilfe holen? Oder hatte ihn jemand weggelockt, damit er nicht mitbekam, in welch vertrackter Lage sie sich befanden?

Wieso entdeckte niemand auf der Muschelinsel die Katastrophe? Lag es daran, dass das Haus landseitig keine Fenster hatte und sie keiner sah? Oder wollte niemand das Unglück sehen?

Poppi kam wieder zu sich, rang aber immer heftiger nach Luft. Von allen vieren war die Lage für sie am schlimmsten und bedenklichsten.

Axel legte den Kopf ins Genick und atmete stoßweise. Seine Augen, in denen der Schweiß brannte, waren zur Decke der Kabine gerichtet.

Plötzlich sagte er leise: „Taschenmesser? Hat jemand ein Taschenmesser? Habe meins vergessen."

Jede Bewegung, ja sogar jedes Wort bereitete den Junior-Detektiven größte Mühe, war mit Schwindelgefühl und noch größerer Atemnot verbunden. Trotzdem ließen sie die nassen Hände in ihre Hosentaschen gleiten und suchten nach ihren Taschenmessern. Poppi hatte ihres dabei und reichte es Axel. Sie hatte kaum noch Kraft im Arm. Die Temperatur in der gläsernen Gondel musste sechzig Grad erreicht haben.

Axel klappte den Kreuzschraubenzieher auf und streckte die Hand nach oben. Auch er hatte Mühe, nicht so heftig zu zittern, dass ihm das Messer gleich wieder aus der Hand fiel. Er musste sich auf die Zehenspitzen stellen, erreichte dann aber die kleine Klimaanlage. Lilo beobachtete ihn und erkannte, was er vorhatte.

„Lass mich, ich bin größer!", sagte sie, und ausnahmsweise störte Axel diese Bemerkung diesmal nicht. Es war ihm sogar Recht, dass Lilo die Aufgabe übernahm.

Sie drehte fünf Kreuzschrauben aus dem Abdeckungsrahmen, der das Gitter begrenzte, durch das normalerweise die gekühlte Luft gepumpt wurde. Dabei fiel ihr auf, dass die Klimaanlage einen Defekt haben musste. Statt zu kühlen, schien sie jetzt zu heizen. Warme Luft strich über ihre Hände.

Sie zog den Rahmen herunter, und das Gitter kam ihr entgegen. Dahinter entdeckte Lilo weitere Schrauben, die den Klimakasten mit der Gondel verbanden.

„Leute … wir kriegen Luft rein, die ganze Zeit … sie ist nur aufgeheizt, statt gekühlt!“, stammelte sie. Sie wusste, dass diese Nachricht die anderen ein wenig beruhigen konnte. Das Wissen, dass genug Sauerstoff in der Kabine war, konnte sie ein bisschen stärken.

Mit zitternden Fingern öffnete das Mädchen die nächsten Schrauben und stemmte sich dann mit beiden Händen gegen das Klimagerät. „Autsch!“ Es war so heiß, dass sich Lieselotte daran verbrannte. Axel zog sein T-Shirt aus und reichte es ihr. Sie wickelte es sich um die Hand und unternahm einen erneuten Versuch. Diesmal glückte er. Sie drückte die kleine Maschine in die Höhe, die zur Seite kippte und auf dem Dach der Gondel liegen blieb. Warme Luft, die aber noch immer kühler war als die Luft in der Kabine, strömte herein. Gierig atmeten die Knickerbocker durch.

Die Öffnung in der Decke war groß genug, um durchzuklettern. Lieselotte fasste einen waghalsigen Entschluss. Sie hob das Drahtseil auf und betrachtete es prüfend. Es schien ihr geeignet zu sein.

„Wir warten noch fünf Minuten. Wenn uns bis dahin keiner entdeckt hat, hole ich Hilfe!", sagte Lilo. Die anderen blickten sie überrascht an. Was sollte das heißen? Wie wollte Lieselotte das schaffen?

Die Minuten verstrichen, ohne dass etwas geschah. Lieselotte murmelte etwas von: „Na gut, dann drückt mir die Daumen!", und packte das Drahtseil. Geschickt formte sie aus einem Ende eine Schlinge, um deren eines Ende sie Axels T-Shirt wickelte. Das sollte ihr Griff werden.

Danach gab sie ihrem Freund ein Zeichen, ihr eine Räuberleiter zu machen. Axel verschränkte die Finger und Lilo stieg in diesen Steigbügel. Sie streckte die Arme in die Höhe und machte die Schultern so schmal wie möglich. Geschickt zwängte sie sich durch die enge rechteckige Öffnung. Mit vereinten Kräften stemmten sie die anderen in die Höhe, bis sie die Arme zur Seite strecken und sich selbst nach draußen ziehen konnte.

Lilo saß nun auf dem Dach der schwankenden Gondel und bemühte sich, keinen Blick nach unten zu werfen. Sie wusste, dass Wasser von oben immer noch viel weiter entfernt aussah, als es in Wirklichkeit war. Sie hatte große Angst vor dem, was sie tun wollte, aber es blieb keine andere Wahl.

Sie warf das freie Ende des Drahtseils über das Tragseil der Bahn und schlug drei verschiedene Knoten hinein. Diese Schlinge durfte sich nicht öffnen, sonst würde sie mindestens zwanzig Meter in die Tiefe stürzen. Aus dieser Höhe war ein Aufprall auf die Wasseroberfläche fast so hart wie eine Landung auf Beton.

Als die anderen erkannten, was das Superhirn vorhatte, versuchten sie Lieselotte von ihrem Plan abzuhalten. „Tu das nicht! Wir warten noch!“, riefen sie, aber Lieselotte wusste, dass sie ihr Vorhaben jetzt oder nie in die Tat umsetzen konnte.

Sie wollte sich an der Schlinge zur Station auf der Insel abseilen. Wie eine lebendige Gondel würde sie am Tragseil mit Hilfe der Schlinge in die Tiefe rasen. Das Mädchen konnte nicht vorhersehen, wie schnell die Fahrt würde, rechnete aber mit einem hohen Tempo.

Sie hatte genug Kraft in den Armen und Fingern, um sich die kurze Strecke festzuhalten. Kritisch wurde es erst bei der Talstation. Bremsen war unmöglich, deshalb würde sich Lieselotte kurz vor dem Ende der Seilbahn ins Meer fallen lassen. Der Abstand zwischen Seil und Wasser betrug dort höchstens zwei Meter. Allerdings musste sie den richtigen Zeitpunkt erwischen.

Lieselotte schloss kurz die Augen, konzentrierte sich voll auf ihr Vorhaben und ließ die Beine dabei über die Kante der Gondel rutschen. „Festhalten, es wird gleich schaukeln!“, warnte sie die anderen. Dann packte sie den T-Shirt-gepolsterten Haltegriff, den sie geformt hatte, und stieß sich ab. Wie ein Sandsack baumelte sie an der Doppelschlinge und geriet sofort in Fahrt.

Mit angehaltenem Atem beobachteten die anderen durch das Fenster, wie ihre Freundin in Richtung Talstation sauste. Funken sprühten dort, wo die beiden Stahlseile aufeinander rieben, und Lieselotte sah das Schneckenhaus auf sich zurasen.

Alles ging noch viel schneller, als sie es sich vorgestellt hatte. Ein Blick in die Tiefe zeigte, dass der Abstand zwischen ihren Beinen und dem Meer immer kleiner wurde. Jetzt, es war so weit. Lilo streckte die Finger und stürzte in die Tiefe. Sie hatte ein wenig zu früh losgelassen und fiel ungefähr vier Meter. Ganz instinktiv blieb sie kerzengerade gestreckt und tauchte wie eine Nadel ins Wasser, das kaum spritzte.

So schnell sie konnte, kämpfte sie sich in die Höhe und kraulte zum Ufer der Insel. Sie kroch an

Land und winkte den anderen zu, um zu zeigen, dass alles in Ordnung war.

Da sie weder im Schneckenhaus der Talstation noch beim Eingang so etwas wie eine Gegensprechanlage, ein Haustelefon oder einen Klingelknopf entdecken konnte, umrundete sie das Muschelhaus. Sie kam zu einem goldfarbenen Sandstrand, der mit vielen Palmen bepflanzt war und auf dem sie einen hölzernen Pavillon entdeckte. Triefnass taumelte sie darauf zu und traf auf die gesamte Familie Hoffer. Alle drei Mitglieder schienen zu schlafen, während Al darüber wachte, dass ihnen keine Fliege zu nahe kam.

Lilo räusperte sich leise und der Sekretär von Mr Hoffer hob den Kopf. „Aber … was …?“ Zum ersten Mal erlebte Lieselotte bei ihm eine menschliche Regung. Ob einer der Hoffers oder vielleicht sogar Al die Seilbahn zum Stillstand gebracht hatte? Lilo wusste, dass sie darauf im Augenblick keine Antwort finden konnte. Alle vier Verdächtigen hatten auf jeden Fall ein perfektes Alibi. Oder war es gar keiner von ihnen gewesen? Gab es den großen Unbekannten, der sie zu stoppen versuchte?

AN BORD DES PIRATENSCHIFFES

„Es hat einen Kurzschluss im Sicherungskasten der Seilbahn gegeben und deshalb ist sie stehen geblieben!“, erzählten die Junior-Detektive nach ihrer Rückkehr den Schrolls.

Lieselottes Vater rollte die Augen und brummte: „Kinder, Kinder, euch darf man keine Sekunde allein lassen.“

Seine Tochter sprang plötzlich vom Tisch auf und lief in ihr Zimmer. Sie hantierte an der Klimaanlage herum, stellte sie auf eiskalt und schaltete den Ventilator auf der höchsten Stufe ein. Nachdem der Eiswind eine Minute in den Raum geblasen hatte, drehte sie die Klimaanlage wieder ab und wartete. Was nun geschah, enttäuschte sie ein wenig. Aus dem Lüftungsgitter kam warme, feuchte Luft.

Lilo hatte kurze Zeit geglaubt, jemand habe die Klimaanlage absichtlich auf heizen gestellt, aber das war falsch.

Um die Eltern nicht weiter aufzuregen, beredeten die vier alle Vorfälle erst später am Strand.

Dominik hatte einen Verdacht, der ihm absolut einleuchtend erschien. „Ich fürchte, dieses Haus hier hat mit Bloodheads Schatz zu tun. Vielleicht liegt er darunter. Irgendjemand weiß das und will alle Leute verjagen, die hier wohnen. Außerdem soll das Haus an Wert verlieren, damit es Mister Unbekannt so billig wie möglich erstehen kann."

„Die Idee ist nicht schlecht", gab Lieselotte zu. „Aber diese Erklärung ist zu simpel, zu einfach."

Poppi war auch etwas eingefallen, was sie den anderen gerne erzählt hätte, aber sie wollte nicht wieder als Feigling dastehen. Schließlich beschloss sie, es trotzdem zu sagen. „Leute, als wir alle in der Nacht aufgewacht sind … und diese schrecklichen Visionen hatten, ich denke, da sollten wir in das Schwimmbecken stürzen, wie Axel in der ersten Nacht. Wenn dort wirklich Barrakudas waren, hätte das unser Ende bedeutet. Das Haus wäre dann wieder leer gewesen."

Der Rest der Bande überlegte. Es klang unglaublich brutal, aber nicht unlogisch.

Lilo fiel etwas ein: „Lucinda hat doch von einem Piratenmuseum erzählt. Warum besuchen wir das nicht einmal? Vielleicht finden wir dort eine Erklärung für den Spuk in diesem Haus."

Die anderen waren sofort einverstanden. Allerdings konnte der Besuch erst am nächsten Tag stattfinden.

Da Herr Schroll sich weigerte, einen Leihwagen zu nehmen, stand die Knickerbocker-Bande wieder vor dem Problem, wie sie zu dem Piratenmuseum kommen sollte. Es lag in der Hafenstadt Port Annabella, die der Insel ihren Namen gegeben hat, und war mit dem Fahrrad kaum zu erreichen. Drei Stunden Fahrzeit waren einfach zu viel.

Um zehn Uhr wurde heftig an das Tor des Salamander Castles geklopft. Als Dominik öffnete, stand Al vor ihm. Er verneigte sich kurz und sagte knapp: „Ich hole Sie zur versprochenen Tour ab."

Der Rest der Bande tauchte hinter Dominik auf. Keiner wusste, wovon Al redete.

„Mr Hoffer hat Ihnen doch gestern eine Tour zu den Freizeitattraktionen der Insel versprochen. Wenn Sie bereit sind, werde ich Sie gerne herumführen, und außerdem bringe ich als kleine Wiedergutmachung für den erlittenen Schock Gutscheine, die Sie zur Gratisbenutzung aller Anlagen berechtigen."

Lieselotte rieb sich freudig die Hände. Al kam wie gerufen. Die Freizeitanlagen waren ihr egal, aber ohne es zu ahnen, würde er der Bande als Beförderungsmittel zum Museum dienen.

Die Fahrt nach Port Annabella dauerte auch mit dem Auto fast eine Stunde. Die Stadt selbst war enttäuschend. Sie bestand hauptsächlich aus niedrigen Häuschen, in denen sich ein Laden neben den anderen drängte. Jeden Tag legten hier mehrere große Kreuzfahrtschiffe an und tausende Touristen gingen an Land. In den Geschäften konnten sie zollfrei und dadurch viel billiger einkaufen, was sie auch ausgiebig taten.

Auf Bitte der Knickerbocker-Bande zeigte ihnen Al den Platz, an dem früher einmal die Piratenfestung gestanden hatte. Heute erinnerte nur noch ein neu errichteter Steinturm an die alte Zeit. Auf seiner Spitze wehte eine schwarze Totenkopfflagge.

Im Turm war das Piratenmuseum untergebracht, von dem Lucinda im Supermarkt gesprochen hatte. Die Knickerbocker schlenderten durch die kleinen Ausstellungsräume, konnten aber nichts Interessantes entdecken. Es gab nur Ölbilder von verschiedenen Piraten und Piratenschiffen, einige Kanonenkugeln, Pistolen, einen Säbel, ein Entermesser und eine lange Pike zu sehen, mit der die Seeräuber ihre Opfer von Bord gestoßen hatten.

Mehr lustig als wichtig waren 22 vergilbte Schatzkarten, die alle die Insel Port Annabella darstellten. Auf jeder war Bloodheads Schatz eingezeichnet, jedoch immer an einer anderen Stelle.

Ein gerahmtes Foto zeigte eine verwegen aussehende, rothaarige Frau, die auf einem Messingschild als „Bloodheads Urururururenkelin“ bezeichnet wurde.

Lieselotte stand eine Weile vor dem Bild und studierte das Gesicht der Frau. Irgendwie kam es ihr bekannt vor, aber sie wusste nicht, warum. Unterhalb des Schildes entdeckte sie einen Zettel, auf dem sie nähere Angaben zu der Nachfahrin der berühmten Piratin fand.

Die Urururururenkelin hieß in Wirklichkeit Mary Head, war aber tatsächlich mit Bloodhead verwandt. Sie war als eine besonders eigenwillige Frau bekannt und hatte die Tradition ihrer Vorfahrin fortgesetzt. Sie war eine Seeräuberin im wahrsten Sinne des Wortes gewesen und hatte sich auf die Erfindung und Entwicklung von neuartigen und effektiven Fischfang-Methoden spezialisiert. Sie hatte diese Techniken verschiedenen Firmen angeboten, war aber überall abgeblitzt. Schließlich hatte sie die Insel verlassen und ward nie wieder gesehen.

Lieselotte rechnete im Kopf aus, dass ihr Verschwinden dreißig Jahre zurückliegen musste, und überlegte, wohin die Frau wohl gegangen sein mochte.

„Hast du etwas entdeckt?“, fragte Axel seine Freundin. Lilo verneinte. Sie hatte alle angeblichen Schatzkarten studiert, doch auf keiner war das Versteck auch nur in der Nähe des Salamanderhauses eingetragen.

Als die Knickerbocker den Turm wieder verlassen wollten, hörten sie, dass an der Kasse des Souvenirstandes ein Telefon klingelte. Die Verkäuferin hob ab und meldete sich. Die Bande stand bereits im Freien, als die Frau ihnen nachrief, dass sie am Telefon verlangt wurden.

„Wir?“ Axel konnte es nicht fassen. Es wusste doch niemand, dass sie hier waren.

Lieselotte hastete aufgeregt zu dem Andenkenstand und übernahm den Hörer. „Hallo?“, meldete sie sich mit hörbar zitternder Stimme.

Am anderen Ende der Leitung sprach jemand sehr schnell und sehr leise. Die Worte klangen wie gehaucht und der Anrufer schien gehetzt zu sein. Lilo konnte nur feststellen, dass es sich um eine weibliche Stimme mit einem eigenartigen Akzent handelte. Die Frau redete eine Mischung aus Deutsch, Englisch und Französisch.

„Kids, you müsst sehen es ... big danger ... pour moi ... für mich ... die Welt muss es erfahren ... Im Hafen ... das Piratenschiff ... Käpten bringt euch ... Sagt Namen Schwarze Insel. Bitte, Gefahr sonst für immer ... bitte." Die Leitung wurde unterbrochen und Lilo legte den Hörer zurück.

„Ist mir die Frage erlaubt, ob es sich um eine gute oder eine schlechte Nachricht gehandelt hat?", fragte Al, als das Mädchen wieder ins Freie kam.

Das Oberhaupt der Bande fasste sich und wollte sich nichts anmerken lassen. „Gut, sehr gut. Wir sind auf das Piratenschiff eingeladen."

„Piratenschiff?" Die anderen starrten sie an, als hätte sie gerade „Weltuntergang" gesagt.

Lieselotte war gar nicht aufgefallen, was das Wort bedeutete. Es gab also ein Piratenschiff und an Als Pokergesicht erkannte sie, dass er überhaupt nichts Ungewöhnliches daran fand!

„Ach ja, diese Fahrt wird euch bestimmt viel Freude bereiten. Sie zählt zu den beliebtesten Attraktionen der Insel, findet aber nur an ungeraden Tagen statt. Es wundert mich, dass ihr heute fahren könnt. Ich bringe euch sofort zum Schiff."

DIE FAHRT ZUR SCHWARZEN INSEL

Am äußersten Kai des Hafens, dort, wo man es nicht mehr erwartete, lag das Piratenschiff. Es war der Dreimaster, den Axel in der ersten Nacht von seinem Zimmer aus gesehen hatte, und es handelte sich auch um das Spukschiff, das im Unwetter vor der Küste gekreuzt war.

Al hielt an der Stelle, an der ein schräges Brett den Pier mit dem Schiff verband und als Aufgang diente. Er drückte mehrere Male auf die Hupe und sah sich suchend um. Es dauerte einige Minuten, dann erschien an Deck ein drahtiger alter Mann mit schneeweißem Haar und einem langen, weißen Bart, der in der Mitte geteilt war. Er machte einen sehr verschlafenen Eindruck und fragte missmutig, was los sei.

Die Knickerbocker-Bande und Al stiegen aus. Der Bursche deutete auf die vier Freunde und erklärte dem Käpten des Schiffes, dass sie angeblich mit ihm irgendwohin fahren sollten.

„Der … genau der hat mich vor den Barrakudas gewarnt!“, stieß Dominik hervor.

Der alte Seebär drehte sich zu ihm und grinste breit. In seinem Mund gab es nur noch wenige Zähne, was ihm etwas besonders Schrulliges verlieh.

„Nein, nein, heute keine Fahrt!“, sagte er und winkte mit beiden Armen ab.

Lilo erinnerte sich, was die Frau gesagt hatte. „Es ist wichtig, Sie sollen uns zur Schwarzen Insel bringen.“

Bei diesem Namen hob der alte Mann erstaunt die Augenbrauen. Auch er verstand und sprach ein wenig Deutsch, das er im Umgang mit den vielen Touristen gelernt hatte.

„Schwarze Insel? Schwarze Insel?“, murmelte er immer wieder.

„Wissen Sie nicht, wo die liegt?“, erkundigte sich Lieselotte.

Der Käpten des Piratenschiffes schüttelte den Kopf und nickte dann heftig. „Weiß … ich weiß … wieso?“

„Bitte, es ist sehr wichtig!“, bat Lilo.

Der Mann schien angestrengt zu überlegen. Während er nachdachte, lief er an Deck auf und ab und blieb plötzlich mit einem Ruck vor dem Hauptmast stehen. Poppi konnte erkennen, dass dort ein Messer steckte, das einen Zettel im Holz des Mastes festhielt. Der Kapitän las, was darauf stand und winkte die Knickerbocker-Bande dann an Bord.

„Ahoi und gute Fahrt!“, wünschte Al. „Ich werde mir erlauben, Sie hier zu erwarten, damit ich Sie zurück zum Salamanderhaus bringen kann. Wenn ich mir eine kleine Warnung erlauben darf: Käpten Ahab“, er deutete auf den Mann mit dem langen, geteilten weißen Bart, „ist manchmal ein wenig sonderlich.“

„He, Lilo, bist du sicher, dass wir das machen sollen? Wieso willst du plötzlich mit diesem Schiff fahren?“, fragte Axel. Das Mädchen berichtete schnell von dem geheimnisvollen Anruf und meinte: „Tun wir es nicht, erfahren wir vielleicht nie, was hier los ist. Außerdem, was soll schon geschehen? Käpten Ahab ist bestimmt harmlos und hat mit der Sache nichts zu tun. Sonst hätte er sich doch nicht so geziert.“

Der Boden unter ihren Füßen erbebte und die Junior-Detektive blickten einander überrascht an.

Befanden sie sich nicht auf einem Segelschiff? Das Rütteln deutete zweifellos auf einen Motor hin.

Der Seebär grinste mit seinem zahnlosen Mund und kicherte verschmitzt. „Motor viel schneller!“, meinte er. „Segel nur schön!“

Dominik hatte an Deck einen bunten Prospekt gefunden und las den anderen daraus vor, was das Schiff alles zu bieten hatte. Es war tatsächlich einem echten Piratenschiff nachgebaut, war genauso wendig und flach und sogar die Kajüten waren original eingeteilt. Nur der Käpten hatte einen eigenen Raum, der restliche Platz unter Deck gehörte den Kanonen, der Beute, dem Schwarzpulver und den Waffen.

„Der Raum mit dem Schwarzpulver war immer mit nassen Tüchern verhängt, damit bei einem Kampf kein Funken überspringen und das Schiff explodieren lassen kann!“, berichtete Dominik.

Das Piratenschiff fuhr entweder bei Tag oder bei Nacht, wobei die Nachttour die „Gruselkreuzfahrt“ genannt wurde. Damit war das Erscheinen des Schiffes vor der Küste des Salamander Castles geklärt.

„He, der Zettel, den Käpten Ahab gelesen hat. Was hat da draufgestanden?“, wollte Axel wissen. Er entdeckte die Botschaft, die noch immer am

Hauptmast hing, und sah, dass sie mit roter Tinte auf altes dickes Papier gekritzelt war. Übersetzt bedeutete sie: „Tu, was die Kinder wünschen. Sonst trifft dich mein Zorn. Bloodhead."

„Sie war kluge Frau, deshalb ich habe ihr Schiff nachgebaut!", erzählte der Seemann. „Wenn sie sagt, ich soll etwas machen, dann ich tue es."

Immer weiter und weiter entfernten sie sich von Port Annabella, und bald war die Insel nur noch als Punkt am Horizont zu sehen.

„Meer verrückt … Fische schwimmen alle her … anders als sonst. Früher war alles anders. Große Giganten, die nach oben spritzen, kommen jetzt her."

„Was soll das sein? Was meint er?", wunderte sich Dominik.

Poppi konnte es sich denken. „Er redet von Walen. Die gibt es hier aber gar nicht. Das heißt, manche Walarten ziehen in warme Gewässer, um dort ihre Jungen zur Welt zu bringen, aber in diese Gegend kommen sie normalerweise nicht. Ich meine, soviel ich weiß …"

Käpten Ahab schien zu verstehen, was sie gesagt hatte. Er war empört, dass die Knickerbocker ihm nicht glaubten und versicherte ihnen immer wieder: „Schon, schon … gesehen … ich selbst, letztes Jahr, hier."

„Wie lange fahren wir zur Schwarzen Insel?", erkundigte sich Lieselotte.

Der Käpten wiegte den Kopf. „Zwei Stunden … jaja … mehr nicht viel."

Poppi lehnte sich an die hölzerne Reling und blickte auf die glitzernden Wellen hinaus. „Es war Unsinn, einfach loszufahren!", sagte sie leise. „Das hätten wir nicht tun sollen."

Später würden auch ihre Freunde so denken. Im Augenblick aber fieberten sie der Schwarzen Insel entgegen und waren gespannt, was sie dort erwartete.

Käpten Ahab hatte gut geschätzt. Nach zwei Stunden und fünfzehn Minuten tauchte vor ihnen eine Insel auf. Sie wirkte klein und völlig kahl. Der Seebär reichte ihnen ein Fernrohr, durch das sie sich die Insel ansehen konnten. Gleich hinter dem schwarzen Sandstrand erhob sich ein Hügel, der alles, was dahinter lag, verdeckte.

„Können wir an Land gehen?", wollte Lilo wissen und verdeutlichte ihre Frage mit den entsprechenden Handbewegungen. Käpten Ahab schien zu zögern, nickte dann aber.

Ungefähr hundert Meter vor dem Strand ließ er die Anker ins Wasser fallen. Die dickgliedrigen Ketten rasselten laut, als sie in die Tiefe sanken und sich am Meeresgrund festkrallten. Nun hielten sie das Schiff fest und hinderten es daran, abzutreiben.

Der Käpten ließ ein Ruderboot zu Wasser, in das die Junior-Detektive über eine Strickleiter einsteigen konnten. Er selbst wollte an Bord auf sie warten und bat sie, in spätestens einer Stunde zurück zu sein.

Axel legte sich fest in die Riemen und steuerte das Boot mit kräftigen Schlägen in Richtung Insel. Die Spannung der vier Freunde wuchs. Was gab es auf der unwirtlichen und auf den ersten Blick höchst unfreundlichen Insel so Wichtiges und Geheimnisvolles? Lilo ahnte, dass es sich um etwas handeln musste, von dem nur wenige wussten. Sie spürte aber auch, dass es etwas Furchteinflößendes war, über das die Leute auf Port Annabella nicht zu reden wagten. Die Knickerbocker-Bande schien die wichtige Aufgabe bekommen zu haben, die Welt über etwas zu informieren. Aber was war es?

DAS GEHEIMNIS DES KRATERS

Zum Glück hatten die vier Knickerbocker an diesem Tag Sportschuhe mit festen Sohlen an. Sonst wäre der Gang an Land für sie höchst schmerzhaft geworden. Wie die Zähne eines Raubfisches ragten Steine aus dem schwarzen Sand. Jeder einzelne war so spitz und scharf, dass er einer nackten Fußsohle schwere Verletzungen zugefügt hätte. Da das Meer rund um die Insel seicht war, mussten die Junior-Detektive das letzte Stück des Weges zu Fuß zurücklegen. Das Boot wäre mit den Passagieren sofort auf Grund gelaufen. So aber konnten sie es bis an den sicheren Strand ziehen und dort mit einer Leine an einem der bizarren Felsen festbinden. Sicher war sicher.

Axel, Lilo, Poppi und Dominik standen vor dem

steinigen Hügel und blickten stumm nach oben. Was sollten sie nun machen? Was lag hinter der Anhöhe?

„Äh … also von hier vorn können wir nicht hinauf! Der Fels ist viel zu steil", sagte Lilo, die eine ausgezeichnete Kletterin war. „Wir gehen einfach am Strand entlang und suchen eine Stelle, von der aus wir auf diesen Berg da klettern können."

Keiner der vier sagte ein Wort, als sie am Wasser entlang weitergingen. Über der Schwarzen Insel lag eine bedrückende Stille. Nicht einmal die Wellen schienen das übliche rollende Geräusch zu verursachen, wenn sie an Land krochen und sich zwischen den Steinen verliefen. Sie zischten und brodelten, als würden sie in Strandnähe zum Kochen gebracht.

Von Tieren war auf der Insel nichts zu sehen und auch Pflanzen wuchsen keine. Nicht einmal ein paar vertrocknete Gräser entdeckten die Freunde zwischen den Steinen.

Lieselotte blickte immer wieder zu dem nachgebauten Piratenschiff zurück, das langsam aus ihrem Blickfeld verschwand. Diese Tatsache verursachte dem Superhirn ein besonders unangenehmes Gefühl. Jetzt konnten sie Käpten Ahab nicht einmal mehr ein Notsignal mit dem Spiegel morsen. Sie waren absolut auf sich allein gestellt.

Immer weiter und weiter marschierten sie an der Küste entlang, aber noch immer kam keine Aufstiegsmöglichkeit in Sicht. Lieselotte bekam mehr und mehr das Gefühl, dass sie sich auf einer Vulkaninsel befanden. Der Vulkan war vor vielen hundert Jahren bereits erloschen, doch sein Krater ragte noch immer aus dem Wasser. Der steile Fels war also nichts anderes als der Kraterrand.

Der Vulkan wäre auch eine Erklärung für die schwarze Farbe des Gesteins und des Sandes.

„Da … ein Weg! Das ist doch ein Weg!“, meldete Axel und deutete auf einen schmalen Pfad, der in das poröse Gestein des Hanges geschlagen war. Er bestand aus einigen ausgetretenen Stufen und führte steil nach oben. Lilo gab ihrem Kumpel Recht.

„Wir sind also nicht die Ersten, die ihre Füße auf diese Insel setzen!“, sagte sie. „Hier scheinen oft Leute herzukommen. Oder hergekommen zu sein. Ich finde, der Weg ist ein gutes Zeichen für uns, nicht wahr?“

Die Stimme des Banden-Oberhauptes klang nicht halb so sicher wie sonst. Die Schwarze Insel hatte etwas Furchteinflößendes, Beunruhigendes, das alle vier Junior-Detektive bereits gepackt hatte, doch keiner wollte es vor den anderen zugeben.

Lilo ging voran, Axel bildete das Schlusslicht der Gruppe. Die Hitze machte den Aufstieg sehr anstrengend und beschwerlich und die Bande kam nur langsam voran. Je höher sie stiegen, desto besser wurde der Blick auf das Meer. Zu ihrer Erleichterung erspähte Lilo auch wieder die drei Maste des Segelschiffes.

Der Pfad führte durch eine enge Schlucht direkt in den Krater hinein. Lilo erkannte bald, dass ihr Verdacht völlig richtig war. Sie betraten einen erloschenen Vulkan.

Die Schlucht war so schmal, dass die Bandenmitglieder hintereinander gehen mussten und nicht einmal die Arme zur Seite strecken konnten. Der Himmel über ihren Köpfen war nur noch als blaues Band zu sehen. Die Hitze zwischen den schwarzen Felsen war noch viel größer als direkt unter der Sonne. Das Gestein hatte die Wärme gespeichert und strahlte sie voll auf die Eindringlinge ab.

Lilos Schritte wurden immer langsamer und zaghafter. Taten sie das Richtige? Sollten sie nicht doch umkehren? Die anderen spürten ihr Zögern und fragten besorgt, ob etwas nicht in Ordnung sei. Lieselotte verneinte und ging weiter. Jetzt nicht locker lassen!

Der Weg verbreiterte sich endlich und von vorne kam Licht. Aufgeregt begann Lieselotte zu laufen und trat auf einen Felsvorsprung, der einen Blick über einen großen Teil des Kraterinneren bot.

„Was … was ist denn hier geschehen?“, rief Lilo entsetzt. Die anderen drängten nach und konnten auch nicht fassen, was sie sahen.

In seinem Inneren musste der Krater früher sehr wohl bewachsen gewesen sein. Auch heute erinnerten noch einige Büsche und Baumstämme daran. Zweifellos hatte sich hier aber auch einmal eine Ansiedlung befunden. Mauerreste waren zu erkennen, die die Grundrisse von Gebäuden bildeten. Ohne zu verstehen, was es zu bedeuten hatte, entdeckten die Knickerbocker auch ausgebrannte Fahrzeuge, große Mengen an verkohlten Holzbrettern und zahlreiche Fässer und Metalltonnen, die verbeult, zerfetzt und teilweise sogar geschmolzen waren.

„Das sieht aus … als hätte hier eine Bombe eingeschlagen!“, sagte Dominik leise. „Oder vielleicht sogar mehrere.“

Poppi schrie leise auf und deutete auf eines der eingestürzten Häuser. Zwischen den Betonbrocken ragte ein Arm hervor. Entsetzt wandte sich das Mädchen ab.

Es kostete Lieselotte einige Überwindung das Fernrohr aus der Tasche zu ziehen, das sie vom Schiff mitgenommen hatte. Sie richtete es auf die Mauerreste und stöhnte leise. „Es ist kein Menschenarm, sondern der Arm einer Puppe … so eine Art Schaufensterpuppe!“, meldete sie.

„Was … was ist hier los?“, fragte sich Axel. „Oder besser gesagt, was war hier los?“

Lilo hatte einen Verdacht, den sie aber noch nicht aussprechen wollte. Zuerst mussten sie noch ein Stückchen weiter, dann würden sie bald Gewissheit haben.

Die vier Bandenmitglieder fassten einander an

den Händen und gingen vorsichtig weiter. Sie waren gerade beim ersten zerstörten Wagen angelangt, als sie neben sich eine Bewegung wahrnahmen. Erschrocken drehten sie die Köpfe und schrien laut auf.

DAS VERGESSENE WESEN

Das hässlichste Wesen, das sie je gesehen hatten, kam hinter den Blechfetzen hervorgekrochen. Seine Haut war feucht und braun. Die Gestalt erinnerte an einen Menschen, aber die Füße und die Hände glichen riesigen klebrigen Klumpen. Der Kopf schien von Geschwüren übersäht und völlig verformt zu sein. Ein Mund war nicht zu erkennen, dafür zwei Augen, die an Frösche erinnerten und die Knickerbocker anglotzten.

Das Wesen bewegte sich gebückt vorwärts und stützte sich beim Gehen immer wieder mit den Armen am Boden ab, um das Gleichgewicht zu halten. Es gab röchelnde Laute von sich, als würde ihm das Atmen entsetzlich schwer fallen.

Von seinem Kopf her kamen Geräusche, die entfernt an Worte erinnerten. Es war keine Sprache, jedenfalls verstanden die Junior-Detektive nichts.

Es war Axel, der als Erster wieder zu sich kam und aus der Starre des Schocks erwachte. Er riss an den Händen von Poppi und Lilo, die er fest umklammert hielt, und zerrte sie zurück zu dem Weg, auf

dem sie gekommen waren. Den Kopf hatte er dabei die ganze Zeit auf das grässliche Wesen gerichtet, das ihnen nachkam und immer lauter und schrecklicher brüllte. Die Schreie waren erfüllt von Schmerz und Verzweiflung.

Steif und ungelenk wie Roboter torkelten die anderen hinter Axel her. Auch sie konnten den Blick nicht von der schaurigen, braunen Gestalt wenden.

„Aaaaaaaa!“ Axel brüllte so laut und heftig, dass er einen brennenden Schmerz in der Brust spürte. Er war mit der Schulter gegen etwas gestoßen, was nachgab und dann wieder zurückfederte. Als er den Kopf drehte, erblickte er ein zweites, genauso entsetzliches Wesen, das ihnen den Rückweg versperrte.

Auch diese Gestalt begann immer lauter und heftiger zu Röcheln, und bei ihr erkannten die Knickerbocker ein Wort. Es lautete „Help“ – Hilfe!

Waren die Monster Menschen? Konnte es so etwas geben?

Die beiden Gruselgestalten kamen von vorne und hinten auf die Bande zu. Noch immer tief zu Boden gebeugt, streckten sie die Arme zur Seite, als wollten sie die vier umarmen. Während das Wesen, dem sie als Erstes begegnet waren, noch einige Meter entfernt war, wischte die zweite Gestalt bereits mit schleimigen Pranken über Axels nackte Beine. Dabei hinterließ sie schmierige, braune Spuren, die Ekel erregend stanken.

In dem Jungen sammelte sich alle noch vorhandene Kraft. Sein einziger Gedanke war: Flucht, und er wusste, dass er ihn in die Tat umsetzen musste. Es blieb ihm keine Zeit und fast keine Möglichkeit. Von seinen Freunden war keine Unterstützung zu erwarten, denn sie standen noch immer unter Schock. Mit weit aufgerissenen Augen starrten sie die Ungeheuer an, blickten von einem zum anderen und gaben dabei keuchende Laute von sich.

„Huuuuaaa!“, brüllte Axel, um seine Kraftreserven freizusetzen. Er riss seine Hände los, formte mit den Fäusten einen Hammer und ließ ihn durch die Luft auf das Wesen schwingen, das hinter ihm stand. Er traf es am Schädel, der zu seinem Entsetzen nicht fest, sondern weich und schwammig war. Die grauenhafte Gestalt war von dem Schlag so überrascht, dass sie nach hinten taumelte, das Gleichgewicht verlor und stürzte.

„Rennt, ihr Idioten! Rennt!“, tobte Axel und versetzte seinen Freunden schallende Ohrfeigen.

Die taten sofort ihre Wirkung und machten Lilo, Poppi und Dominik endlich wieder bewegungsfähig. Axel scheuchte sie wie Schafe vor sich her auf die Schlucht zu. Wenn einer zögerte oder sich umdrehte, bekam er sofort einen unsanften Fußtritt oder Stoß.

Hoffentlich kommen nicht noch mehr durch die Schlucht! Bitte, bitte, nicht!, flehte Axel im Stillen. Das Bewusstsein, dass er der Einzige mit klarem Kopf war, verlieh ihm ungeahnte Kräfte.

Endlich erblickte er am Ende der Schlucht das Blau des Meeres, und langsam kamen auch die anderen wieder zu sich. Sie hasteten und stolperten, sie stürzten, schlugen sich die Knie auf und wurden sofort von einer hilfreichen Hand wieder in die Höhe gezogen.

Sie rannten über die spitzen Steine des Strandes, als würde es sich um runde Kiesel handeln, und erreichten endlich das Ruderboot. Axel schob es auf das Wasser hinaus und half den anderen hineinzuklettern.

Es sah fast wie im Zeichentrick aus, so sehr legte er sich in die Riemen und so schnell rotierten die Ruder durch Luft und Wasser.

Käpten Ahab zog die vier Freunde an Bord und war außer sich vor Sorge, als er ihren schrecklichen Zustand erkannte. Er gab Axel, Lilo, Poppi und Dominik etwas zu trinken, fächelte ihnen kühle Luft zu, holte Eis aus einer Kühltasche und legte es ihnen auf die Köpfe, aber es schien alles nichts zu helfen.

„Weg! Bitte fahren Sie! Schnell, bitte!“, flehten die vier.

Erst als sie in den Hafen von Port Annabella einliefen, beruhigten sich ihre rasenden Herzen wieder. Die schrecklichen Bilder aus dem Krater hatten sich jedoch tief in ihr Gedächtnis eingegraben. Sie ahnten, dass sie etwas Grauenhaftes entdeckt hatten.

Was nach der Ankunft geschah, wussten die vier später nicht mehr so genau. Sie fielen Al wie Babys in die Arme und flehten ihn an, sie so schnell wie möglich zu den Eltern zu bringen. Sie sahen die besorgten Gesichter der Schrolls über sich. Jemand kam und verabreichte ihnen Injektionen. Kalte Tücher wurden auf ihre Köpfe gelegt, und dann verschlang sie der Schlaf wie ein riesiger Schlund.

Keiner der Freunde wusste, wie lange sie geschlafen hatten, als sie wieder zu sich kamen. Es dauerte noch einmal eine Stunde, bis sie überhaupt erfassten, was alles geschehen war. Sie bekamen zu essen und zu trinken und Frau Schroll strich ihnen tröstend über die Köpfe. Der Polizist, der schon einmal im Salamander Castle gewesen war, erschien wieder und stellte ihnen Fragen. Herr Schroll übersetzte alles, denn im Augenblick waren die Knickerbocker nicht in der Lage, Englisch zu sprechen.

Sie berichteten gemeinsam von den Erlebnissen auf der Schwarzen Insel. Sie fielen einander ins Wort, fügten immer zu dem, was der andere gesagt hatte, noch etwas hinzu und setzten die schaurigen Minuten im Krater wie ein Mosaik zusammen. Endlich war das Bild fertig und Lieselotte stieß hervor: „Die Wesen … sie waren wie Mutanten nach einer atomaren Katastrophe. In dem Krater haben Atomtests stattgefunden und die Menschen, die dort gelebt haben, wurden völlig verunstaltet. Sie müssen dort hausen, halb tot, und niemand kümmert sich um sie. Sie haben Schmerzen und leiden Höllenqualen. Bitte, helft ihnen, bitte! Das sind Mutanten … ja ja, Mutanten, wie aus Filmen … wir haben sie alle gesehen."

Sie hörten die Erwachsenen reden und schnappten von Zeit zu Zeit Wortfetzen wie „schwerer Sonnenbrand", „Hitzekoller", „Wahnvorstellungen" und „alles nur übertriebene Fantasie" auf. Dann wurden sie wieder auf die Zimmer gebracht und in die Betten gelegt. Decken wurden hochgezogen, Klimaanlagen surrten und kühlten die Luft. Sie bekamen Pillen und schliefen weiter.

Erst drei Tage später waren die Folgen des Ausfluges zur Schwarzen Insel so weit abgeklungen, dass sie wieder aufstehen konnten. Die Knickerbocker-Freunde waren auf dem Weg der Besserung, doch es stand ihnen noch ein schlimmer Tag bevor.

VERBOTENE VERSUCHE

„Haben wir das alles nur geträumt oder tatsächlich erlebt?“, fragte sich Lieselotte immer wieder.

Am Abend des dritten Tages nach dem fürchterlichen Erlebnis erschien John Sinclair, der Makler, im Salamanderhaus. Er bat Familie Schroll und die Bande zu einem wichtigen Gespräch.

Die Nervosität war ihm anzumerken. Mindestens zehnmal pro Minute fuhr er sich über das geölte Haar.

„Man … man hat mich zu Ihnen geschickt, um Ihnen einen Handel anzubieten!“, sagte er.

„Handel?“ Axel traute seinen Ohren nicht. Was sollte das bedeuten?

„Die Bewohner von Port Annabella sind in großer Sorge, dass Sie die Presse verständigen könnten.

Aus diesem Grund soll ich mit euch" – er sah erst die Knickerbocker an und blickte dann zu Herrn und Frau Schroll – „und mit Ihnen reden. Wir sind ja sozusagen schon fast Freunde!" Er lachte verlegen, hörte damit aber auf, als er bemerkte, dass keiner mitlachte.

„Die armen Wesen auf der Insel, was ist mit ihnen? Wird ihnen geholfen?", fragte Poppi besorgt.

Mister Sinclair blickte das Mädchen mitleidig an. „Kindchen, wir wissen nicht, wovon ihr redet. Die Schwarze Insel ist absolut unbewohnt. Leben ist dort überhaupt nicht möglich. Die Polizei war selbstverständlich dort und hat jeden Stein umgedreht, aber nichts, absolut nichts entdeckt. Eure Fantasie scheint euch einen Streich gespielt zu haben, als ihr die schreckliche Stätte gesehen habt."

„Nein, das war kein Hirngespinst. Wir haben alle vier genau dieselben Wesen gesehen. Mit eigenen Augen!", brauste Lieselotte auf. Ihr Vater legte beruhigend den Arm um ihre Schultern und sagte beschwichtigend: „Lilo, bitte reg dich nicht auf. Der Arzt hat euch noch absolute Ruhe verordnet. Lass Mr Sinclair ausreden. Bitte!"

Lilo kannte den Tonfall ihres Vaters, und so, wie er jetzt bitte sagte, hieß es: „Mund halten, sonst werde ich ungemütlich".

„Was vor zehn Jahren auf der Schwarzen Insel geschehen ist, darf nicht an die Öffentlichkeit getragen werden. Es könnte das Ende von Port Annabella bedeuten. Es würde den Wohlstand, den die Menschen gefunden haben, zerstören, das steht fest. Also bitte, schweigen Sie!", sagte der Makler flehend, fast wimmernd. Schließlich ging es auch um sein Geschäft, das so viel abwarf, dass er sich einen Chevrolet leisten konnte.

„Also ich glaube, sie müssen uns schon mehr erklären", meinte Herr Schroll. „Erst dann können wir über unser Schweigen verhandeln."

„Vor 31 Jahren hat sich Familie Hoffer auf der kleinen Insel vor Port Annabella niedergelassen. Die Leute haben sich gefreut, da der Bau des eigenwilligen Hauses vielen Arbeit gegeben hat. Zuvor hatte es einige schlechte Zuckerrohrernten gegeben, die eine neue, schlimme Armut gebracht hatten", begann Mr Sinclair.

Lilo hatte gleich eine Frage: „Wissen Sie eigentlich, womit der Mann seine Brötchen verdient? Ich meine, es sind sehr dicke Brötchen."

Der Makler zögerte, rückte dann aber mit der Wahrheit heraus.

„Er ist Waffenfabrikant und handelt weltweit damit. Spezialisiert auf Maschinengewehre und Pistolen, Panzer und neuartige Waffen. Chemische Waffen, bakterielle Waffen, die ganze Völker verseuchen und ausrotten können, und auch nukleare Waffen, also Atomwaffen."

Frau Schroll stieß lautstark die Luft aus und lehnte sich angewidert zurück.

„Mister Hoffer ist kein schlechter Mensch!", versicherte der Makler mehrere Male. „Wirklich nicht. Ich meine, es ist sein Beruf. Was soll er tun?"

„Etwas Nützliches erzeugen, das Leben rettet und nicht vernichtet!", sagte Axel trocken.

Das Superhirn bedeutete den anderen, still zu sein. Sie hatten noch immer nicht erfahren, was das alles mit der Schwarzen Insel zu tun hatte.

„Nun ja, Manny Hoffer, der einzige Sohn der Familie, hat das Problem, dass er seinem Vater nichts recht machen kann. Der Herr Papa war mit dem Sohnemann immer unzufrieden, nörgelte nur an ihm herum, und sein Lieblingssatz lautete: Du wirst es nie zu etwas bringen.

Aus diesem Grund hat Manny beschlossen, seinem Vater zu beweisen, dass mehr in ihm steckte. Er hat eine neuartige Bombe entwickelt, die ein Gift enthielt, das jedes Pflanzenwachstum und jedes Leben unmöglich macht. Das Geniale – wenn es daran etwas Geniales gab – war, dass bei der Explosion

Gebäude und Fahrzeuge nicht beschädigt werden sollten. Nur alles Leben wurde vernichtet."

Dominik wusste, wie die Geschichte weiterging. „Und diese Bombe hat er im Krater der Schwarzen Insel getestet, stimmt's?"

John Sinclair nickte stumm. „Die Insel war früher ein grünes Paradies mit seltenen, fast ausgestorbenen Pflanzen und Tieren. Manny hat Häuser bauen und Autos hintransportieren lassen, um zu sehen, ob die Bombe auch tatsächlich alle Erwartungen erfüllte.

Ich muss nicht extra hervorheben, dass das Experiment danebenging. Das heißt, alle Lebensformen der Insel sind zerstört worden, allerdings auch die Gebäude. Der Test der Bombe wurde zuerst nicht bemerkt. Erst nach Wochen ist einem Fischer aufgefallen, dass die Insel plötzlich kahl war. Vorher hieß sie Paradise Island, danach aber wurde sie zur Schwarzen Insel."

Herr Schroll war fassungslos, genau wie die Mitglieder der Knickerbocker-Bande. „Dieser Knabe gehört hinter Gitter. Der ist total wahnsinnig!", schnaubte er.

Der Makler wischte sich immer schneller über das Haar. „Könnten Sie endlich damit aufhören!", machte ihn Lilo auf den Tick aufmerksam.

Er grinste breit und verlegen und schob die Hände unter die Oberschenkel. „Natürlich wollte auch die örtliche Polizei sofort Meldung erstatten, was für Mister Hoffer und seinen Sohn eine sichere Verurteilung in den USA bedeutet hätte. Deshalb hat Mr Hoffer dem Gouverneur der Insel angeboten, einen unglaublich großen Geldbetrag zu spenden und Port Annabella zu großem Wohlstand zu verhelfen. Einzige Bedingung: Die Anzeige musste unterbleiben. Als Mr Hoffer schließlich bewies, dass das Gift neutralisiert werden konnte und die Insel tot, aber ungefährlich bleiben würde, stimmte der Gouverneur zu.

Stellen Sie sich vor, diese Geschichte würde jetzt durch alle Zeitungen geistern. Die Bewohner der Insel wären ruiniert, da die Touristen bestimmt ausbleiben würden. Obwohl mehrere Biologen bewiesen haben, dass keine Giftspuren mehr im Gestein der Schwarzen Insel oder im Meer zu finden sind, wäre das ganze Gebiet plötzlich als einziger Gifttopf bekannt. So ein Gerücht lässt sich niemals mehr aus der Welt schaffen."

„Aber diese Wesen! Diese entsetzlichen Kreaturen!", begann Dominik noch einmal.

„Die gibt es nicht. Bitte, glaubt mir, es ist bewiesen, dass sich bei dem Bombentest kein menschliches Wesen auf der Insel befunden hat. Ihr habt euch die Gestalten eingebildet, genau wie die Sachen, die ihr hier im Haus zu sehen und zu hören geglaubt habt. Alles nur unglückliche Zufälle, Spätfolgen der Lebensmittelvergiftung."

Die Knickerbocker-Bande sagte nichts darauf. Die vier Freunde wussten, dass sie sich nichts eingebildet hatten, aber im Augenblick glaubte ihnen niemand mehr.

„Wenn Sie uns versichern, über alles, was die Kinder auf der Schwarzen Insel entdeckt haben, Stillschweigen zu bewahren, können Sie das Salamander Castle kostenlos bekommen, wann immer Sie wollen!", bot der Makler an.

„Ich glaube nicht, dass wir jemals wieder kommen werden!", meinte Frau Schroll kühl.

Auf jeden Fall müssen wir aber so lange bleiben, bis wir die Wahrheit über dieses Haus herausgefunden haben!, dachte Lieselotte.

ALTPAPIER KANN NÜTZLICH SEIN

Es blieben noch sieben Tage bis zur Heimreise, und Frau Schroll schärfte den vier Freunden ein, in dieser Zeit keine neuerlichen Nachforschungen oder waghalsige Ermittlungen anzustellen. Da sie Axel, Lilo, Poppi und Dominik nicht wirklich traute, behielt sie die Bande ständig im Auge.

Nach zwei Tagen absoluter Ruhe war den Junior-Detektiven aber entsetzlich langweilig. Immer nur am Strand zu liegen war wirklich nicht ihre Sache. Sie hatten alle mitgebrachten Bücher ausgelesen, sämtliche Computerspiele auch auf dem höchsten Level geschafft, stundenlang Strandtennis und sogar Karten gespielt, was sie normalerweise nicht taten.

Auf der Suche nach Lesefutter durchstöberte Lieselotte alle Zimmer und Schränke. Unter einer der Treppen entdeckte sie eine Seemannstruhe, in der sie zu ihrer großen Freude fündig wurde. Sie entdeckte einen Stapel einer alten Zeitung, die sich „Port Annabella Times“ nannte. Die Insel hatte also sogar eine eigene Zeitung!

Lilo schleppte die Zeitungen zum Strand und begann eine Ausgabe nach der anderen durchzublättern. Die Zeitung erschien wöchentlich und trotzdem hatten die Herausgeber alle Mühe, sie zu füllen. Selbst die unwichtigsten Geschichten waren mit riesigen Bildern versehen und die Schrift hatte die gleiche Größe wie die in Büchern für Säuglinge.

„He, schaut mal, da steht etwas über Jeremias Jones!“, sagte das Superhirn plötzlich. Sie las den anderen einen Artikel vor, in dem von der Ankunft des Popstars berichtet wurde. Er gab an, auf Port Annabella Ruhe vom Showbusiness finden zu wollen, und hatte vor, sich seinem Hobby zu widmen: der Arbeit mit Ton.

Enttäuscht las Lilo: „Das Lieblingsmotiv des Musikers sind Salamander, die er in allen Größen formt und meist schwarz und rot bemalt. Er nennt sie Höllensalamander und hat sogar einen Song über sie geschrieben. Sein neu erworbenes Haus soll Salamander Castle heißen.“

Die Junior-Detektive seufzten. Die Salamander hatten also mit dem Spuk nichts zu tun. Das stand so gut wie fest. Die Veränderung, die Mister Jones durchgemacht hatte, kam wahrscheinlich wirklich von zu hohem Drogenkonsum. Das Zeug war einfach für viele Menschen der Untergang.

Zwei Stunden später stieß Lieselotte auf ein Foto, über das sie so erschrak, dass ihr die Zeitung aus der Hand fiel. Dominik, der das bemerkte, fragte: „Ist was? Ich meine, sind die Seiten giftig, oder was?"

Lilo reichte ihm das Blatt und Dominik zuckte genau wie sie zusammen. Er streckte es Poppi und Axel hin, die ihren Augen nicht trauten.

Auf dem Bild waren die beiden grauenhaften Wesen zu sehen, denen sie auf der Schwarzen Insel begegnet waren. Der Text darunter lautete: „Großer Erfolg des Kostümfestes in Port Annabella. Neben den gewohnten Piratenverkleidungen und gezählten 37 Käpten Bloodheads fielen diese zwei Masken besonders auf. Ein Teil der Besucher fand sie abstoßend, ein anderer aufregend. Der geschätzte Leser der Port Annaballa Times möge sich selbst ein Urteil bilden."

Im letzten Satz stand dann, wer in den Kostümen gesteckt hatte. Lieselotte las die Namen immer wieder und knetete ihre Nasenspitze auf Hochtouren. Plötzlich begann sich vor ihren Augen einiges zu einem Ganzen zu fügen. Wieder tauchte das Foto aus dem Piratenmuseum in ihrem Kopf auf. Sie sah die Nachfahrin von Käpten Bloodhead, und auf einmal wusste sie, warum ihr das Gesicht so bekannt vorgekommen war. Sie erinnerte sich an die neuen Fischfangmethoden und die Erzählung von Käpten Ahab über das Auftauchen der Wale. Außerdem hörte sie plötzlich Axels Stimme wieder. Sie klang wie aus weiter Ferne und nannte einen Vergleich, der nur zu passend war: „… als würde jemand einen riesigen Magnet unter dem Haus in Gang setzen, mit dem oben alles in Bewegung geriet …" Genau das hatte ihr Freund gesagt, und genau das war auch für den großen Unbekannten der Warnschuss gewesen. Oder irrte sie sich?

„Poppi, wie ist das? Ich habe einmal gehört, dass sich Tiere nach dem Erdmagnetismus orientieren. Stimmt das?“, wandte sie sich an ihre Freundin.

Die Tierkennerin nickte. „Ja, darüber habe ich auch schon gelesen, aber es gibt nicht viele echte Forschungsergebnisse. Ich weiß nur, dass das Magnetfeld der Erde vom Südpol zum Nordpol geht. Die Magnetlinien ziehen sich von Pol zu Pol und deshalb richtet sich auch die Kompassnadel immer so aus, dass sie Norden und Süden anzeigt.

Man weiß, dass Vögel sich bei ihren langen Flügen nach dem Stand der Sonne, nach den Sternen UND nach dem Magnetfeld der Erde orientieren. Sie haben alle sozusagen ihren eigenen Kompass eingebaut.

Wale, Rochen, Haie, Brieftauben, Bienen, die Zugvögel natürlich und sogar Schnecken finden sich mit Hilfe des Magnetfeldes bei ihren Wanderungen und Zügen zurecht. Allerdings ist das Magnetfeld nicht überall gleich und an manchen Orten gibt es sogar Magnetstörungen. Zum Beispiel ist einmal ein Wal im Süden von England an Land gespült worden. Tierschützer haben ihn mit vereinten Kräften wieder ins Wasser geschafft, aber der Wal ist wieder an den Strand geschwommen. Er hat es sogar ein drittes Mal getan und war dann leider so schwer verletzt, dass er eingeschläfert werden musste. Die Forscher haben damals festgestellt, dass das Magnetfeld an dieser Stelle sehr ungewöhnlich war. Es wird vermutet, dass der Wal verwirrt war und deshalb diesen Unsinn gemacht hat."

Ja, das war es. Lieselotte hatte so etwas vermutet. Mit Hilfe von starken Magnetstrahlen konnte man nicht nur metallische Gegenstände in einem Raum bewegen, sondern auch Fische anlocken. Zum Beispiel die gefährdeten Wale, bei denen es oft viele Tage dauerte, bis man sie fand. Da ihr Fleisch aber noch immer begehrt war, wurden sie nach wie vor gejagt und abgeschlachtet. Lieselotte hatte den Verdacht, dass diese Magnetstrahlen auch bei anderen Fischen funktionieren könnten.

Diese Fangmethode würde für das Meer eine Katastrophe bedeuten. Fischereischiffe mussten nicht länger den Fischen hinterherjagen, sondern konnten sie bequem in die Netze „ziehen". Bald würden die Gewässer leer geplündert sein, denn wenn es um schnell zu verdienendes Geld ging, kannten viele Menschen keine Grenzen.

„Ich weiß jetzt, wieso es hier spukt!", teilte Lilo

den anderen mit. Sofort saßen die drei um sie herum und blickten das Superhirn gespannt an. „Unter diesem Haus muss sich eine Art Supermagnet befinden. Ich bin mir sicher, dass es sich um einen Elektromagnet handelt." Sie schilderte ihre Überlegungen und der Rest der Bande erhob keinen Einspruch.

„Aber wie kommen die Barrakudas in das Schwimmbecken?", fragte Axel.

„Das ist etwas anderes. Ich nehme an, dass jemand auf die Idee gekommen ist, ein Rohr hinaus ins Meer zu legen. Werden Fische vom Magnet angezogen, kann man sie dann mit Hilfe einer starken Pumpe direkt in den Pool befördern. In einer stürmischen Nacht ist das Wasser natürlich trüb. Das erklärt doch fast alles. Übrigens scheint Käpten Ahab von dem Rohr gewusst zu haben. Deshalb auch seine Warnung vor den Barrakudas."

„Und wer steckt hinter allem?", wollten die drei Junior-Detektive vom Oberhaupt der Bande wissen. Lieselotte machte ein geheimnisvolles Gesicht.

„Wir müssen unbedingt heute noch zu Mr Hoffer, denn dort könnten wir es erfahren. Ich habe einen Verdacht, aber noch keinen echten Beweis."

WER IST ES?

In einem unbeobachteten Augenblick schlichen sich die vier Knickerbocker aus dem Haus und fuhren auf den Fahrrädern davon. Die Sonnenbrände, die sie sich auf der Segeltour geholt hatten, schmerzten noch immer, aber sie versuchten, die Zähne zusammenzubeißen.

Als sie an der Steilküste ankamen, zitterten alle vier vor Anspannung.

„Sollen wir wirklich hinüberfahren? Ich meine, wenn die Gondel wieder angehalten wird …“, sagte Poppi leise.

„Dann wissen wir jetzt wenigstens, wie wir uns befreien können!“, war Lilos Kommentar zu diesem Thema.

Sie legte den Finger auf den Klingelknopf und beobachtete, wie die Kamera langsam hin und her schwenkte. Es hatte sie bereits jemand bemerkt und begutachtete sie. Aber wieso meldete sich niemand?

Die Tür zur Seilbahnstation sprang auf.

„He, warum fragt keiner, was wir wollen?" Axel trat unruhig von einem Bein auf das andere.

„Weil wir längst erkannt worden sind. Die Leute auf der Insel wissen, wer wir sind. Sie wissen auch, dass von uns einiges abhängt. Halten wir den Mund, bleibt alles so, wie es war. Reden wir, kommen schwere Zeiten auf die Hoffers zu."

„Und wenn sie uns zum Schweigen bringen wollen, indem sie uns umbringen?", fragte Dominik theatralisch.

„Dann nützt es ihnen auch nichts, da meine Eltern ebenfalls Bescheid wissen, und auch das ist bekannt. Wir sind sicher, glaubt mir. Der Einzige, der in diesem Haus ein schlechtes Gewissen hat, denkt schon länger, dass wir seinen Plan kennen. Weil Axel das mit dem Magnet gesagt hat. Ich rechne damit, dass man uns ein Geschäft anbietet. Los, kommt!"

Lilo stieg furchtlos in die Gondel und die Fahrt lief diesmal ohne Probleme ab. In der Station auf der Muschelinsel wurden sie allerdings nicht erwartet. Weit und breit war niemand zu sehen.

„Was soll das?“, fragte Dominik und das Zittern in seiner Stimme war nicht zu überhören.

„Los, weiter, wir kennen den Weg!“, sagte Lieselotte.

Die Eingangstür stand offen und die Bande durchquerte die lange Halle.

„Hallo, Kinder! Willkommen! Ich freue mich, euch zu sehen. Bitte, kommt doch rauf, damit wir uns gemütlich setzen können!“, rief Mrs Hoffer vom Balkon. An diesem Tag war sie in wallendes und wehendes Hellgrün gekleidet und ihre Augen wirkten noch wässriger als sonst. Sie stand gleich bei der Tür, aus der beim ersten Besuch der Bande Manny getreten war, und winkte den vieren.

Axel deutete auf die geschwungene Betontreppe, die nach oben führte. Der erste Knickerbocker hatte seinen Fuß noch nicht auf die oberste Stufe gesetzt, als Mrs Hoffer in dem unbekannten Gang verschwand.

„Hier entlang!“, rief sie den Besuchern zu.

Die vier blickten einander überrascht an. Die Frau kam ihnen seltsam vor und auch Lieselotte wäre jetzt am liebsten umgekehrt. Aber dafür war es zu spät.

„Wo bleibt ihr, Kinder? Lasst mich nicht warten!“, rief die Frau des Waffenhändlers fast zärtlich.

Zögernd folgten die Junior-Detektive. Sie betraten einen langen Flur, von dem mehrere Zimmertüren abgingen. Alle paar Meter war eine elektrische Lampe in die Decke eingelassen, die gelbliches Licht abstrahlte.

Nur die letzte Tür am Ende des Ganges stand offen. In dem großen Raum dahinter schwebte Mrs Hoffer herum und winkte der Bande. „Ich habe uns schon ein paar Drinks gerichtet. Also kommt nur, keine Angst!"

„Da ist was faul!", zischte Lieselotte. „Weg!"

Als sie sich umdrehte, knallte die Gangtür, die zum Balkon führte, automatisch zu. Das Superhirn packte sofort den Knauf der Zimmertür neben sich, hörte aber schon das Schloss einrasten. Die Tür war verriegelt. Das Gleiche geschah mit den übrigen Türen.

„Hilfe! Rauslassen! Was soll das?", rief Dominik.

„Kommt her!", sagte eine Stimme drohend. Am Ende des Ganges war ein völlig verschwitzter und keuchender Al erschienen. In den Händen hielt er die Fernsteuerung, mit der er alle Türen und Geräte des Hauses betätigen konnte. Er war wie der Käpten eines Schiffes, der seine Kommandobrücke in der Hand hielt,

„Los, kommt her! Oder muss ich euch holen?",

brüllte er. Er schien völlig außer sich zu sein und seine Gesichtsfarbe wechselte zwischen knallrot und leichenblass.

„Kinder, bitte tut, was er verlangt!", meldete sich Mrs Hofer flehend. Er schien sie gezwungen zu haben, die Bande in das obere Stockwerk zu locken.

Langsam näherten sich die Knickerbocker der offenen Tür. Al stieß sie brutal in den Raum, der sich dahinter befand.

Es handelte sich um ein großes Zimmer, dessen rechte Wand nur aus Glas bestand. Im Boden war ein kleines Schwimmbecken eingelassen, in dem längliche Wesen schwammen. Handelte es sich um Schlangen?

Al bemerkte die fragenden Blicke der Bande und erklärte keuchend: „Das sind Muränen. Sie lieben es, ihre scharfen Zähne in Fleisch zu schlagen, und lassen erst los, wenn sie den Bissen aus dem Körper der Beute gerissen haben."

Die Knickerbocker schauderten, aber Al setzte seine quälenden Schilderungen fort: „Angeblich wurden Sklaven im alten Rom, zum Beispiel zur Strafe für das Zerbrechen einer Kristallkaraffe, augenblicklich in ein Becken geworfen, das voll mit Muränen war. Sie wurden bei lebendigem Leibe von den gefräßigen Tierchen zerstückelt."

„Aufhören! Lassen sie den Quatsch!“, schrie Lieselotte.

„Das ist kein Quatsch, ihr kleinen Biester! Vor ein paar Jahren hat jemand in der Nähe der Küste eine Muräne harpuniert, die sich aus der Felsspalte wagte, in der sie sich versteckt gehalten hatte. Der Taucher dachte, sie sei tot, aber nein, sie war lebendig und glitt die Harpune entlang auf ihn zu. Der Taucher konnte gerade noch den Arm hochziehen, um den Angriff abzuwehren, und Chirurgen mussten seinen Ellbogen dann zwei Stunden lang zusammenflicken.“ Al brach in irres Gelächter aus. „Ihr verdammten Biester habt mir nichts als Ärger gemacht! Mein Plan wird nicht mehr scheitern, nicht euretwegen!“

„Deine Freundin war es also, die uns im Piratenmuseum angerufen und zur Schwarzen Insel gelockt hat. Ihr wolltet uns dort mit euren grässlichen Karnevalskostümen erschrecken und vielleicht sogar einen Unfall herbeiführen, damit wir endlich aus dem Weg geräumt sind. Habe ich Recht?“, fragte Lieselotte langsam. Jedes Wort kostete sie große Mühe.

Zuerst schien Al zu überlegen, was er sagen sollte, dann aber platzte er trotzig heraus: „Na und? Was ist, wenn es so wäre? Ihr könnt es ohnehin niemandem mehr verraten. Diesen Raum werdet ihr nicht mehr verlassen. Jedenfalls nicht lebendig."

„Du bist Mary Heads Sohn, nicht wahr?", sagte Lilo cool.

Al zuckte, als hätte ihn jemand elektrisiert. „Woher weißt du das?"

DARUM!

Lieselotte atmete tief durch. Es war zum Teil kombiniert und zum Teil geraten.

„Du siehst ihr einfach ähnlich. Ihr habt die gleiche Nase. Außerdem ist mir schon bei unserer ersten Begegnung aufgefallen, dass du dir die Haare färbst. Du bist rothaarig. Am Haaransatz ist es zu erkennen. Ein weiterer Hinweis, dass du mit Mary Head verwandt bist."

Al bebte vom Kopf bis zu den Zehen.

Mrs Hoffer stand an eine Wand gepresst und fragte leise: „Was … was hat das zu bedeuten?"

Der Sekretär ihres Mannes drehte sich zu ihr um und brüllte: „Ich bin dein Stiefsohn. Dein Alter ist mein Vater. Als er das Haus hier gebaut hat, da waren sie ein Liebespaar. Aber geheiratet hat er dich, und als er mit dir auf die Insel kam, hat er Mutter gezwungen zu verschwinden. Er hat ihr versprochen, ihre Pläne zu verwirklichen, aber er hat sein Versprechen nicht gehalten. Er hat sie durch einen miesen Trick ins Gefängnis gebracht, damit sie ihm nie mehr Ärger bereiten konnte."

„Das … das wusste ich alles nicht!", stammelte Mrs Hoffer.

„Ich habe mir geschworen, meine Mutter zu rächen und ihre Pläne für den modernen Fischfang in die Tat umzusetzen. Und jetzt hat der Alte doch noch gezahlt. Allerdings weiß er nichts davon."

Lieselotte redete ruhig weiter. Sie ahnte, was Al mit ihnen vorhatte, und wollte den schrecklichen Moment so lange wie möglich hinauszögern. Vielleicht fiel ihr in der Zwischenzeit ein Ausweg ein. „Du hast unter das Salamanderhaus einen starken Elektromagneten gebaut, stimmt's?"

„Ja, der Alte hat mir die Überwachung der Bauarbeiten übertragen. Ich habe unter alle 20 Häuser Magneten gebaut, doch im Salamander Castle ist ein Fehler passiert. Die Abschirmung nach oben ist defekt. Deshalb gelangen Magnetstrahlen in die Zimmer. Ich wollte das die ganze Zeit reparieren. Man kann im Pool eine Seitenwand wegklappen und zum Magnet vordringen, aber es war nie möglich. Immer ist jemand dazwischengekommen. Und der vertrottelte Jeremias Jones hat mich dann beobachtet, als ich schließlich an dem Magneten herumgebastelt habe. Musste ihm eine kleine Begegnung mit den Barrakudas verschaffen und seither hält ihn meine Freundin mit Schlafmitteln still. Aber danach hat die Abschirmung noch immer nicht funktioniert und der verblödete Verwalter hat ständig Urlauber in das Haus geschleppt. Ich konnte wieder nicht reparieren."

Alle übrigen Aktionen hatte Al gesetzt, um endlich seine Anlage in Betrieb nehmen zu können, ohne dass jemand etwas davon bemerkte. Schließlich würden bald die Wale kommen, die er einer Fangflotte vor die Harpunen lenken wollte.

Mrs Hofer schüttelte den Kopf. „Wir haben dir vertraut. Wusste mein Mann, wer du bist?"

„Nein!", antwortete Al. „Sonst hätte er doch geahnt, dass ich etwas vorhabe. Hauptsache er hat geblecht und zum Glück hat er nie die Bauabrechnungen kontrolliert. Aber jetzt ist Schluss. Ab mit euch in das Becken! Endlich sind Mannys kleine Lieblinge zu etwas nutze."

„Mannys kleine Lieblinge? Das sind Mannys Haustiere?", fragte Lieselotte ungläubig, die wusste, dass die Zeit ablief.

„Ja, ja!“, schrie Al. „Ein bisschen Gefahr brachte ein wenig Auflockerung in sein langweiliges, sinnloses, dämliches Leben. Ich hätte es so gut haben können wie er, aber mein Vater hat mich nie sehen wollen. Niemals. Hat nie einen einzigen Cent für mich ausgegeben!“

Mit großen Schritten raste Al auf Axel zu und setzte an, ihn in das Becken zu stoßen. Es war für jede Rettung zu spät. Seine Freunde standen zu weit von ihm entfernt, um ihn aufzufangen.

Al holte aus und nahm sogar noch Anlauf.

Plötzlich und völlig unerwartet tauchte hinter dem breiten Sofa, das neben dem Becken stand, die massige Gestalt von Manny auf. Er hielt eine dickbauchige Vase in den Händen, die er auf Als Kopf niedersausen ließ.

Der schmächtige Bursche blieb mitten im Laufen stehen, seine Augen verdrehten sich, und er stürzte bewusstlos zu Boden.

„Manny, was tust du da?“, fragte Mrs Hoffer leise.

Ihr Sohn mit der Schweinchennase tat sich mit dem Sprechen schwer. „War betrunken gestern und bin hier wohl aus versehen eingeschlafen. Habe Geschrei gehört …“

Mehr brachte er nicht heraus.

Lieselotte zog den zitternden Axel an sich, der mit

schreckensgeweiteten Augen auf das tödliche Becken starrte und sagte: „Manny, wenn du dein ganzes Leben nur Mist gebaut hast ... diese Aktion war die sinnvollste und beste, die du je gebracht hast. Du hast uns das Leben gerettet."

Ein stolzes Lächeln ging wie die Sonne in Mannys rotem Gesicht auf. Wahrscheinlich war das der glücklichste Moment seines Lebens.

Am Tag der Abreise brachte Mr Sinclair die Schrolls und den Rest der Bande zum Flugplatz. Immer wieder wollte er wissen, ob sie Stillschweigen bewahren oder die Presse informieren würden. „Poppis Vater ist Wissenschaftler und hat Kollegen, die die Schwarze Insel untersuchen werden. Stellen sie kein Gift fest, werden wir alles vergessen, aber nur der Menschen auf Port Annabella wegen. Finden sie doch Gift, muss etwas unternommen werden, um die Natur und die Tiere der Insel zu retten!", sagte Herr Schroll. Die vier Knickerbocker nickten bestätigend.

Der Makler war einverstanden und fand das Angebot fair. Nachdem er allen die Hand geschüttelt hatte, zog er einen Brief heraus und überreichte ihn Lieselotte. Lilo wunderte sich, von wem er stammen konnte, und öffnete ihn.

Er enthielt einen kurzen Brief von Jeremias Jones, der aus dem künstlichen Tiefschlaf geweckt worden und auf dem Weg der Besserung war. Er bedankte sich bei der Bande für seine Rettung, schickte vier Autogramme, die bei Sammlern ein Vermögen wert waren, und lud die Knickerbocker nach Mexiko ein. Dort hatte er sich ein neues Haus gekauft.

„Vielleicht in den nächsten Ferien!", träumte Lieselotte.

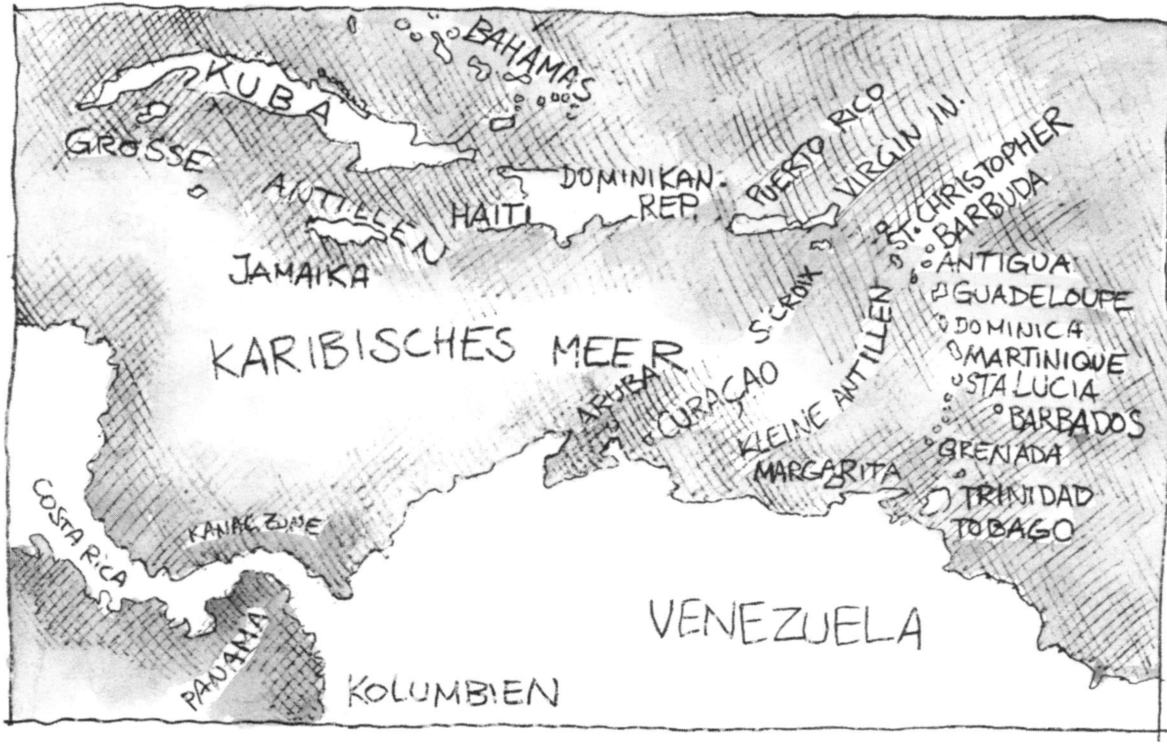
BAHAMAS
KUBA
GROSSE ANTILLEN
HAITI
DOMINIKAN. REP.
PUERTO RICO
VIRGIN IN.
ST. CHRISTOPHER
BARBUDA
ANTIGUA
GUADELOUPE
DOMINICA
MARTINIQUE
STA LUCIA
BARBADOS
GRENADA
TRINIDAD
TOBAGO
JAMAIKA
KARIBISCHES MEER
S. CROIX
ARUBA
CURAÇAO
KLEINE ANTILLEN
MARGARITA
COSTA RICA
KANALZONE
PANAMA
KOLUMBIEN
VENEZUELA

DER KNICKERBOCKER-BANDENTREFF

Werde Mitglied im Knickerbocker-Detektivclub! Unter *www.knickerbocker-bande.com* kannst du dich als Knickerbocker-Mitglied eintragen lassen. Dort erwarten dich jede Menge coole Tipps, knifflige Rätsel und Tricks für Detektive. Und natürlich erfährst du immer das Neueste über die Knickerbocker-Bande.

Hier kannst du gleich mal deinen detektivischen Spürsinn unter Beweis stellen – mit der Detektiv-Masterfrage, diesmal von Lilo:

HALLO DETEKTIVKOLLEGE,

unseren Urlaub unter Palmen hatten wir uns echt anders vorgestellt, das kannst du mir glauben. Aber wer rechnet schon mit so etwas! Also ich meine, an Poltergeister oder Gespensterpiratinnen hatte ich ja niemals geglaubt. Einem Superhirn wie mir macht schließlich keiner so schnell was vor. Okay, ich gebe zu, dass mir auf der Schwarzen Insel dann zwischendurch doch richtig mulmig wurde. Als diese ätzenden Schleimmonster auftauchten. Da hat nur Axel die Nerven behalten und ich bin total ausgeflippt, ich geb's ja zu … Aber wie immer hatte alles eine logische Erklärung – Gespenster sind Quatsch!!!

Die „Monster" entdeckte ich ja später in der „Port Annabella Times" – die hatten den ersten Preis bei einem Kostümwettbewerb gewonnen! Als ich die Namen der zwei Sieger las, wurde mir auch alles andere klar …
Na, den totalen Durchblick?
Welche Namen las ich in der Zeitung?

Die Lösung gibt's im Internet unter
www.knickerbocker-bande.com
Achtung: Für den Zutritt brauchst du einen Code. Er ergibt sich aus der Antwort auf folgende Frage:

Es hat vor über dreihundert Jahren tatsächlich eine sehr berühmte Piratin gegeben, die die karibischen Meere unsicher machte.
Wie war ihr Name?

Code	
47083	Anne Bonny
43087	Anne Blood
48037	Anne Rice

Und so funktioniert's:
Gib jetzt den richtigen Antwortcode auf der Webseite unter **MASTERFRAGE** und dem zugehörigen Buchtitel ein!

Tschau und bis bald
deine
Lilo

HALLO THOMAS!

Wolltest du schon immer Schriftsteller werden?
Zuerst wollte ich Tierarzt werden, aber ich habe beim Studium schnell erkannt, dass das kein Beruf für mich ist. Geschichten habe ich mir immer schon gerne ausgedacht und geschrieben habe ich auch gerne. Allerdings nicht in der Schule, denn meine Deutschlehrer waren immer nur auf Fehlerjagd. Geschrieben habe ich mehr für mich und durch viele Zufälle ist aus dem Hobby ein Beruf geworden.

Wie lange brauchst du für ein Buch?
Ganz unterschiedlich. An guten Tagen schaffe ich etwa 20 Buchseiten. Es gibt auch Tage, an denen ich nur wenig schaffe. Trotzdem setze ich mich immer hin. Ich höre übrigens immer mitten im Satz zu schreiben auf.
Am nächsten Tag fällt das Anfangen dann viel leichter.

Erfindest du alles, was in deinen Büchern steht oder recherchierst du viel?
Natürlich recherchiere ich, wenn es das Thema verlangt. Sehr gründlich. Das ist auch wichtig für mich, weil ich mich sonst beim Schreiben nicht sicher fühle. Zum Recherchieren bin ich schon U-Boot gefahren, durfte einmal als Flugschüler ein kleines Flugzeug steuern, habe einen Sturzflug miterlebt, Tierpfleger bei der Arbeit begleitet, lange

Gespräche mit Tierschützern geführt und viele Städte und Länder bereist. Die Geschichten selber entstehen natürlich in meiner Fantasie.

Woher nimmst du eigentlich deine Ideen?
Hm, das ist mir selbst ein Rätsel. Sie kommen ganz einfach. Ich ziehe Ideen an wie ein Magnet … Ich halte Augen und Ohren weit offen und fange sie auf diese Weise ein. In meinem Kopf reifen sie dann. Manche ein paar Wochen, andere ein paar Jahre. Von 1000 Ideen setze ich aber nur vielleicht 30 um. Ich sammle ständig und überall. Oft genügt ein winziger Anstoß und auf einmal wächst daraus die Geschichte.

Entstehen deine Geschichten erst beim Schreiben am Computer oder hast du sie schon vorher ganz genau in deinem Kopf?
Mehr als zwei Drittel sind fertig, wenn ich mich zum Schreiben hinsetze. Ich notiere jede Idee in einen Mini-Computer, den ich immer dabeihabe, aber nur aus einigen werden dann Geschichten. Manchmal braucht das „Wachsen“ ein paar Wochen, manchmal ein paar Jahre.

Was ist das für ein Gefühl, wenn man so bekannt ist?
Ich finde es toll, wenn ich Briefe und E-Mails von Lesern bekomme, die mir erzählen, wie viel Spaß und Spannung sie beim Lesen hatten. Das ist für mich ein wunderbares Gefühl. Schließlich schreibe ich nicht, um bekannt zu sein, sondern weil es für mich die tollste Sache der Welt ist.

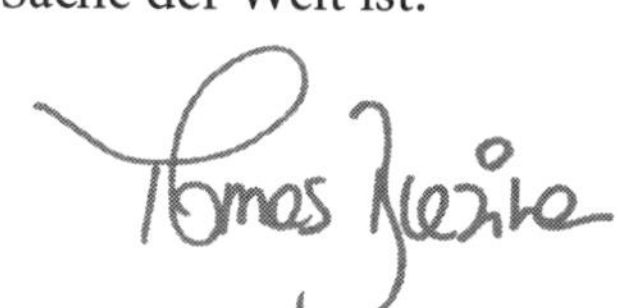

Spannung pur
für Detektiv-Fans!

Sie sind cool, clever und können ungelöste Fälle nicht ausstehen.

Lilo, Axel, Poppi und Dominik sind die Knickerbocker-Bande!